광해경

光解經

이훈영 신무협 장편 소설

광해경

2

청어람미디어

| 목차 |

第一章 봉공(奉公) | 7

第二章 삼천지란(三天之亂) | 43

第三章 일엽지추(一葉知秋) | 81

第四章 인연을 따라 | 133

第五章 검륜쌍절 | 155

第六章 난마(亂痲) | 171

第七章 북궁세가의 검 | 193

第八章 찾아드는 그림자 | 219

第九章 사투의 시작 | 235

第十章 생과 사 | 263

第十一章 해후 | 287

봉공(奉公)

본좌의 능광선법이 여타의 신공절학보다 위대한 이유를 설명하자면 일기관통(一紀貫通)이란 말로 설명할 수 있느니라.

천하의 무학이 예(藝), 기(氣), 도(道)에 포함되지 않는 것이 없으며 모든 내력이 상문, 중문, 하문의 범주 안에 들지 않는 것이 없다 하겠다.

능광선법은 이 모든 것들을 말 그대로 단번에 꿰뚫어 천의무봉의 경지에 도달할 수 있으니 어찌 다른 신공과 비교됨이 옳다 하겠느냐?

다만 진일보의 깨달음을 위해 연자의 자질이 본좌에 근접하지 아니한다면 그 때를 장담할 수 없음이 다만 안타까울 뿐이다.

하여 그 시발점이 되는 광안을 얻는 것이 그 무엇보다 중요하다 할 수 있겠다.

오직 보고 또 봄에 있어 어느 순간 세상의 모든 것이 정지하여 머릿속에 화인이 되는 때가 찾아오면 비로소 개안금동(開眼禁動)이 시작되는 것이니 연자는 언제 찾아올지 모르는 그 돈오의 때를 준비하여야 할 것이니라.

그 때를 기해 광령을 만들지 못하면 그 어떤 불행이 연자에게 찾아올지 알 수 없음이니 그것이 본좌의 유일한 걱정이 아니라 할 수 없겠다.

서악 화산이 위치한 진령산맥 아래 허름한 객잔이 하나 자리하고 있다.

삼십여 년 전 어디서 흘러왔는지 모를 노인 하나가 차린 객잔이 바로 그곳인데 오가는 사람들은 언제부터인가 그곳을 풍가객잔이라 불렀다.

제대로 된 편액 하나 없는 곳이고, 참으로 남루한 목조 건물이 전부인 객잔이 분명하였으나 오가는 화산 문하의 제자들에게는 무척이나 의미가 있는 곳이 바로 풍가객잔이었다.

때마침 그 풍가객잔으로 이어진 산로를 따라 세 명의 백의무복을 입은 사내들이 들어서고 있었다.

속가와 본산의 경계를 허문 뒤부터 도관을 쓰지 않게 된 화산파의 제자들은 이제 스스로 도사라 칭하는 이들이 거의 없는 지경이었다.

마찬가지로 지금 산로를 따라 내려선 세 사내 역시 검을 패용한 무인으로 보일 뿐 그 어디에도 도인의 분위기는 찾아볼 수 없었다.

"풍 노인! 소면 세 그릇만 말아 주시오."

허름한 객잔의 차양을 밀치고 들어선 사내들 중 하나가 입을 열자 다탁에 기대어 졸고 있던 노인이 화들짝 놀라 일어섰다.

"아이고! 구 도장님! 출산하시옵니까? 잠시만 기다리십시오."

어찌나 반갑게 맞이하는지 노인의 웃음이 귀까지 걸려 있었다.

그렇게 노인이 주방으로 쪼르르 달려가자 세 사내는 자리를 잡고 앉았다.

그들 무리를 이끄는 구일경은 매검창망(梅劍昌望)이란 별호로 그 이름이 널리 알려진 이였다.

화산의 자랑이라는 매화검수이기도 하며 또한 도문팔검(道門八劍)이라 불리는 도가 검종의 후기지수 중에서도 그 검이 매섭기로 소문난 이라 그 무게가 상당한 인물이라 할 수 있었다.

마찬가지로 구일경을 따르는 두 사내는 조탁과 여문상이란 이름의 일대제자로 그 검경이 뛰어난 이들로 특별히 신검이라 불리는 화산파의 장문인에게 발탁되어 직접 검을 사사받고 있는 화산파의 동량들이었다.

그렇게 구일경과 조탁, 여문상 등은 자리에 앉은 뒤에도 한동안 말이 없었는데 그중 가장 어린 여문상이 참지 못하고 입을 떼었다.

"구 사형! 갈 길이 바쁜데 어찌 여기서 지체하는 것인지요?"

여문상이 조심스레 묻자 대답은 구일경이 아니라 조탁이 했다.

"여 사제는 정말 아무것도 모르는구나. 풍 노인이 말아주는 소면을 먹어야 무탈하게 귀환한다는 말을 들어 보지 못했느냐?"

"네엣? 그런 미신을……."

"쯧쯔쯔즈. 삼십 년 세월이면 그건 미신이 아니라 전통이라 해야 하는 거다."

조탁의 대답에 여문상이 조금은 황당하다는 표정을 짓자 구일상이 두 사람을 향해 나직한 호통을 쳤다.

"어허! 놀러 나가는 게 아니다."

구일경의 그런 태도에 오히려 조탁과 여문상의 얼굴은 궁금증만 더해졌다는 표정이었다.

"구 사형! 이제 말씀하여 주실 때도 되지 않았습니까?"

"장문인께서 내게만 이른 것엔 그만한 무게가 있는 일이란 것이다."

구일경의 표정은 냉랭했으나 평소 그들의 관계가 허물없는지 여문상과 조탁은 그를 별로 어려워하지 않는 듯했다.

"구 사형, 정말 이러시깁니까?"

"저희도 뭘 알아야 사형을 돕지 않겠습니까?"

아직 스물 중반 정도로 보이는 나이답게 조탁과 여문상은 궁금증을 쉬 삭일 수 없다는 표정이었다.

그런 사제들의 마음을 모르지 않는 구일경 또한 굳이 사실을 계속 감출 이유는 없었다.

어차피 그저 헛소문일 가능성이 농후한 것을 확인하러 나선 길일 뿐이었다.

"화양표국의 표두 하나가 금도산으로 의심되는 이를 보았다 하더구나. 하여 확인차 나가는 것일 뿐이다."

"네엣?"

"서…… 설마. 그는 장문인께서 친히 단죄하였다고……."

"시신을 확인치 못한 것이 내내 장문인의 마음에 남아 화가 되신 듯하다. 그저 뜬소문이라도 명확히 하고자 하심이니 우리야 조용히 따르면 될 일이니라."

구일경의 말이 그렇게 이어지자 두 사제 또한 조금 전의 장난기를 완전히 지웠다.

오랜 세월 화산을 짓눌러 온 이름, 강호인들이야 도왕이네 뭐네 하며 추앙하지만 화산파에겐 그야말로 치욕만을 남긴 인물이 바로 금도산이란 인물이며 화산제자들에게 그는 그저 칠패란 패악한 종자들 중 하나일 뿐이었다.

그렇게 세 사람의 대화가 이어지고 있는 동안 주방 안에서 소면을 다지던 풍 노인의 눈빛이 일변하였다.

'금도산! 노옴! 다시 세상에 나왔더냐.'

그 눈빛이 어찌나 차가운지 마치 세상 전체를 얼려 버릴 듯한 한기를 뿜어내는 풍 노인이었다.

*　　　*　　　*

숭산 소림의 산문을 향해 올라가는 노인의 걸음은 위태위태하기만 했다.

한 짐 가득한 땔감을 쌓은 지게를 멘 노인의 걸음이 용케도 넘어지지 않고 산문을 넘어 소림 경내 안으로 들어섰다.

타는 듯한 무더위 때문인지 향화객 하나 찾기 힘든 경내에서 노인을 맞은 것은 두 명의 무승이었다.

그중 나이 들어 보이는 승려가 반장의 예로 노인을 맞

았다.

"아미타불! 이 더위에 무슨 이런 번거로움을……."

이 더위에 겨울철 땔감을 지게에 멘 채 들어선 노인을 보며 안타까운 표정을 짓는 승려, 하지만 노인은 반쯤 모자란 웃음을 지으며 등짐이 쏟아질 듯 말없이 허리를 접었다.

그러자 승려가 황급히 노인을 만류했다.

"조심하십시오. 선방에 알릴 터이니 서둘러 짐을 푸시지요. 이 더위에 탈이라도 날까 걱정입니다."

승려의 걱정스런 음성에도 불구하고 노인은 연신 허리를 조아리며 종종걸음으로 대웅보전 뒷길로 사라질 뿐이었다.

그런 노인을 바라보는 승려의 눈길은 무척이나 애처로워 보였다.

때마침 그 옆서 상황을 지켜보던 젊은 승려가 의아함을 참지 못하고 입을 열었다.

"사형! 뉘신데 그리 대하시는지요? 선방에 외인까지 들이시면서……."

"아! 사제는 모르겠구나. 늦여름부터 겨울 전까지 땔감을 시주해 주시는 분이란다. 내가 입산하기 전부터라 들었으니 최소한 스물다섯 해는 넘었을 것이다."

"네?"

"그 사정은 자세히 모르겠다만은 다만 나무 시주를 한다 하여 목불(木佛) 노인이라 부른단다. 아자(벙어리)에다 조금 모자란 듯해도 불심만큼은 능히 공경 받을 만한 분이시다. 하니 사제도 대함에 있어 소홀함이 없도록 하거라."

중년 승려의 이야기에 젊은 무승은 머리를 끄덕이면서도 목불 노인이 사라진 곳을 향해 시선을 거둘 수가 없었다.

아무리 불심이 깊은 사람이라 해도 이렇게 경내 깊숙한 곳까지 사람을 들이는 것을 본 적이 없었기 때문이었다.

그렇게 일다경쯤 시간이 지나자 노인은 휑하니 남은 빈 지게를 지고 다시금 두 승려 앞을 지나쳤다.

그러면서 젊은 승려와 눈을 마주쳤는데 때마침 노인이 환하게 웃어 보였다.

반쯤 모자라단 소릴 듣지 않았다면 염화시중의 미소라 해도 이상치 않을 만큼 자애로운 그 웃음에 젊은 승려는 저도 모르게 반장의 예를 취하고 말았다.

노인은 그 모습이 흡족했는지 내내 그 웃음을 지우지 않은 채 말없이 산문을 벗어났다.

때마침 나이 든 승려가 잠시 당황한 표정을 짓고 있는 젊은 승려를 향해 입을 열었다.

"참으로 좋은 웃음이지?"

"아…… 네……."

두 승려는 그렇게 목불 노인이 사라져 가는 모습을 한동안 말없이 지켜보았다.

그때 즈음 산문을 한참이나 벗어난 노인은 두 승려의 대화를 듣기라도 했다는 듯 다시 한 번 더없이 즐거운 표정을 지었다.

그런 노인의 걸음이 터벅터벅 이어졌다.

소실봉, 태실봉과 더불어 숭산 삼대 봉우리라 불리는 준극봉 아래까지 노인은 그저 터덜거리며 걷기만 했는데, 이윽고 험준한 협곡의 한편에 다다르자 노인의 목적지인 것으로 보이는 허름한 초옥 하나가 나타났다.

얼굴에 땀방울까지 잔뜩 흘리며 근 두 시진을 걸어 초옥까지 도착한 노인은 그저 평범한 나무꾼 정도로밖에 보이지 않았다.

한데 초옥과 지척에 이른 순간 노인의 검미가 한 차례 씰룩하며 올라갔다.

그리고 그 순간 초옥 뒤편에서 나직한 음성이 들려왔다.

"또다시 찾아뵈어야 할 이유가 있어서 말입니다."

음성과 함께 모습을 드러낸 이는 태공공의 심복인 음사였다.

그의 존재를 확인한 노인은 벙어리라 알려진 것과 다르게 너무나도 소름 끼치는 음성을 내뱉었다.

"적풍사를 제압하여 준 것으로 이 늙은이의 차례는 끝난 줄 알고 있다만……."

"하하하하! 원래대로라면 무당의 이공을 찾아야 하는 줄은 알고 있습니다. 한데 이번 일은 그 순번이 별 의미가 없어서 말입니다."

음사의 말에 노인의 눈빛이 다시 한 번 꿈틀했다.

"놈! 감히 나를 기만하려는 것이냐?"

벙어리에 반치라 알려진 노인의 눈빛이 어찌나 무시무시한지 그 눈빛만으로도 음사는 질식할 것 같은 위압감을 견뎌 내야만 했다.

'젠장! 이놈의 늙은이들은 대체…….'

마음속으로야 그런 생각을 내뱉고 있었으나 맡은 바 소임을 잊을 리 없는 이가 음사였다.

"공공의 명이옵니다. 봉공들 모두가 모여야 할 정도로 중한 일이옵니다."

음사가 억지로 음성을 쥐어짜자 목불 노인의 눈빛은 더욱더 차갑게 식어 갔다.

"정녕! 그 고자 녀석이 하늘 높은 줄 모르는구나. 참는 것에도 한도라는 것이 있는 법이다."

강렬한 음성과 함께 무형의 기운이 밀려들자 음사는 목울대가 꽉 막히는 듯한 강렬한 신음을 터트려야만 했다.

"크윽! 이…… 이러시면……."

간신히 목소리를 토해 내며 품 안에서 두툼한 책자 두 권을 꺼내 든 음사.

목불 노인이 손을 휘젓자 거짓말처럼 노인의 손으로 책자가 빨려 들어왔다.

책자의 표제를 확인한 목불 노인의 눈에는 더없는 노기가 치솟았다.

천수여래장(千手如來掌)과 선하불영보(仙下佛影步).

두 가지 모두 소림의 칠십이종 절기들이었다.

그것도 나한당을 지나 팔대호원에 들어야만 배울 수 있는 최상승 절기들.

표제를 확인한 노인은 결국 음사를 압박하던 힘을 거둘 수밖에 없었다.

"후아아! 손속에 인정을 두신 점 감사드립니다. 틀림없는 진보이며 필사본은 더 이상 없다고 공공께서 전하셨습니다."

음사가 막혔던 숨을 토해 내며 입을 열자 노인의 싸늘한 음성이 또 한 번 이어졌다.

"네놈들. 언제고 노부의 손에 죽으리라……. 반드시!"

노인의 무시무시한 음성에도 불구하고 음사의 신색은 오히려 여유를 되찾았다.

상대가 소림에 매어 있는 한 절대로 그런 일을 벌일 수 없다는 것을 너무나 잘 알고 있었기 때문이었다.

얼마나 많은 절기들이 아직도 더 남아 있는지도, 또한 이미 건네준 책자들의 필사본이 있는지 없는지 역시도 알지 못했다.

다만 태공공이 봉공들을 다루는 방식이 그것이라는 것만은 잘 알고 있었다.

그것이 눈앞의 일공을 비롯한 다른 봉공들 모두가 감히 태공공을 거역하지 못하는 이유였다.

지난 세월 흑천회가 수집한 수많은 절기들을 태공공이 움켜쥐고 있는 한 봉공들은 절대로 배신할 수 없는 처지인 것이다.

아니 그보다 그 태생적 한계를 지닌 구대봉공의 실체는 구대문파의 치부라고 할 수 있는 일, 그들은 스스로 자신들의 존재가 절대로 세상에 알려져선 안 된다는 사실을 너무나 잘 알고 있었다.

"소인은 이만……. 다른 봉공들을 모두 찾아뵙자면 시일이 촉박한지라……. 참! 모이는 시간과 장소는 원단 전일 하남성 교애산입니다. 아직 넉넉한 시간이 있으니 그리 아십시오."

그 음성을 남긴 채 음사가 사라지자 홀로 남은 목불 노인의 표정은 더없이 참담하게 변해 갔다.

손안에 든 두 권의 책자를 바라보는 노인의 눈빛이 더없이 흔들렸다.

"내가…… 내가 지옥에 가지 않으면…… 누가 그곳에 가겠는가……. 아미타불……. 아미타불……."

더없이 나직하게 이어지는 불호만이 초옥 위로 쓸쓸하게 울려 퍼져 갔다.

*　　*　　*

늦은 오후 유가장의 네 청년이 서가에 모였다.

이 시각이면 각기 정해진 일과가 있는 청년들이었다.

늘 그렇듯 서가에서 이런저런 책을 읽는 연후를 제외하고 평소라면 단목강과 사다인은 수련을 하느라 뒷산 어딘가에 있어야 할 때였다.

한데 금일은 무린이 바쁘게 뛰어다니며 청년들을 한자리에 모이게 했다.

그런 무린은 전에 없이 매우 심각한 표정이었으며, 청년들 역시 그 이유가 꽤나 궁금하단 얼굴이었다.

"오늘 내가 너희들을 부른 이유는 매우 중요한 비밀을 함께 나누기 위해서다."

무린의 나직한 목소리에 청년들이 긴장했다.

워낙 터무니없는 허풍을 쳐 대는 무린이었지만 간혹 전혀 다른 모습을 보이는 때가 있는지라 마냥 무시할 수도 없는 존재가 바로 무린이었다.

가령 태청신단을 지닌 것이라든지 누구도 모르는 일족의 비밀 같은 것을 알고 있는 무린이기에 단목강이나 사다인 역시 마냥 모른 체할 수도 없었다.

그렇게 심각한 무린의 분위기가 청년들을 조금은 긴장시켰다.

무린이 그런 청년들의 얼굴을 쓰윽 하고 훑더니 흡족한 미소를 지으며 다시금 입을 열었다.

"연후야! 너한테 뭔가 굉장한 비밀이 있다."

난데없는 말에 연후는 물론 다른 청년들마저 고개를 갸웃거리자 무린이 더욱 의미심장한 눈빛을 내비쳤다.

"네 백부님이 말하길 네가 강호와 인연이 이어지면 큰 파탄을 맞는다고 하더라."

"……."

황당한 눈빛의 연후와 더불어 다른 청년들 또한 이 생뚱맞은 소리에 기가 막힌다는 표정들이었다.

하나 무린의 표정은 흔들림이 없었다.

"대체 무슨 소리냐? 백부님이 그런 소릴 했다니?"

연후가 궁금함을 참지 못하고 입을 열자 무린이 품 안에서 태청신단이 든 목함을 꺼내 놓았다.

"이거, 너 절대 못 먹게 하라며 돌려주시더구나."

연이어진 무린의 말에 단목강이 참지 못하고 나섰다.

"도왕…… 아니 금 대협께서 그걸 직접 형님께 전하셨

습니까?"

단목강은 이 상황이 쉽사리 이해되질 않았다.

무린 정도의 인물이 어찌 감히 도왕과 마주 앉아 그런 이야길 주고받을 수 있는지 모르겠단 얼굴이었다.

단목강조차 호기심이 잔뜩 일었지만 감히 별원 쪽은 얼씬도 할 생각이 들지 못하게 하는 존재가 바로 도왕 금도산이었다.

연후의 백부라 하니 그 호칭마저 편히 부를 수 없는 존재, 그런 도왕을 직접 만나 대관절 무린이 무슨 이야기를 했는지 궁금하지 않을 수가 없었다.

"하하! 나 정도 되면 뭐……. 고수는 고수끼리 통하는 게 있는 법이거든. 하여간 그건 중요한 게 아니고 요지는 네 백부께서 뭔가 감추는 게 있다는 거다."

금도산이 안다면 땅을 칠 일이겠지만 무린은 남의 비밀 같은 거에 크게 신경 쓰지 않는 성격의 소유자였다.

초노가 알게 된 일을 자신이 아는 것은 당연한 것이며, 그것을 다시 친구에게 전하는 데 망설인다는 것이 더욱 이상하다고 여기는 어처구니없을 정도로 단순한 사고를 하는 것이 무린이었다.

더구나 지금 무린은 오직 한 가지 생각뿐이었다.

반드시 연후에게 삼십 년 내공을 전해 주고 말겠다는 생각이었다.

그러면 뭔가 재밌는 일이 벌어질 것이란 사실을 온몸으로 예감하고 있는 무린.

"일단 이거 먹어라! 싫으면 지금 말해."

무린이 연후 앞으로 태청신단이 든 목함을 내밀었다.

"무린 형님! 그거 함부로 복용하면!"

"강이 넌 좀 빠져. 연후에게 묻는 것이다. 이거 먹고 네 운명과 마주칠 것인지 아니면 내뺄 것인지를 결정하는 건 순전히 녀석의 몫이니까."

무린이 전에 없이 날카롭게 반응했다.

평소와는 조금 다른 기이한 존재감이 무린을 휘감았다.

왠지 단목강마저 위축되는 기분이었다.

하나 연후는 그런 무린을 보며 표정 하나 변하지 않았다.

"무엇을 근거로 이걸 먹으면 내 운명과 마주친다 말하는 것이냐?"

"직감! 그런 게 있는 거지. 이걸 네놈에게 줘야겠다 마음먹었을 때부터 가진 그런 느낌. 이래 봬도 내 직감 무섭다. 한 번도 틀려 본 적 없거든."

무린의 진지하지만 터무니없는 대답에 연후가 가만히 무린의 두 눈을 응시하다 갑작스레 웃음을 터트렸다.

"하하하! 까짓 먹어 보마."

"연후 형님! 자칫하면!"

단목강이 화들짝 놀라 만류했지만 연후도 마음을 굳힌 상태였다.

사실 지난 며칠 관해진결을 수련하며 모자란 내공에 대한 아쉬움이 더없이 커져 가던 참이었다.

그 때문인지 태청신단을 백부에게 전한 일에 대해 약간은 후회 섞인 감정마저 갖게 되었다.

한데 이렇게 다시 태청신단이 자신 앞에 오게 된 것이다.

"그렇게까지 권한다면……."

연후가 목함을 집어 들자 단목강은 황당한 얼굴이었다.

며칠 전까지만 해도 난색을 표하던 연후가 이렇게 나올 것이라곤 상상도 하지 못했던 것이다.

그 순간 무린이 더없이 밝은 미소를 머금었다.

"역시 너하곤 통하는 구석이 있는 줄 알았다니까."

무린의 말이 그렇게 이어지는 동안 연후가 목함을 열었다. 그러곤 태청신단을 꺼내 망설임 없이 입안에 밀어 넣었다.

꿀꺽!

"이러면 됐나?"

말리고 자시고 할 것도 없이 찰나지간 벌어진 일에 단목강은 눈을 동그랗게 뜨고 그 과정을 바라보았고, 무린은 여전히 즐거운 눈빛이었다.

다만 사다인만이 늘 그렇듯 감정이 묻어나지 않는 차가운 얼굴이었다.

"이런 쓸데없는 짓 보자고 내 시간을 뺏은 건가?"

사다인의 날카로운 음성이 무린에게 이어지자 무린이 뒷머리를 긁적였다.

"아니지. 이제부터 니들이 수고해야 하거든."

그 순간 기다렸다는 듯 연후의 입에서 날카로운 신음이 터져 나왔다.

"우흡!"

아연실색한 단목강이 황급히 연후를 부축하였지만 연후는 이미 목울대를 붙잡고 바닥으로 쓰러진 상황이었다.

"연후 형님!"

단목강의 날카로운 외침이 그렇게 서가를 울리는 순간에도 무린의 나직한 음성이 이어졌다.

"전신타혈이다. 사정없이 패라! 사다인 너도!"

* * *

무당산과 반나절 거리에 있는 죽산은 이름 그대로 질 좋은 대나무가 많이 나기로 유명한 산이다. 이 죽산의 대나무를 관리하고 유통하여 제법 성세를 유지하는 곳이 죽림장이란 자그마한 장원이었다.

그렇다고 어디 가서 이름을 대면 알 만한 그런 곳은 아니고 그저 자그마한 상단을 운영하는 장원으로만 알려진 곳이었다.

이 죽림장의 장주는 나이가 많고 병약하여 외부로 나돌아 다니는 적이 거의 없으며, 거기다 후사 또한 두지 않아 죽산을 노리는 이들이 한둘이 아니었다.

그들에게 죽림장은 그저 좋은 먹잇감으로만 여겨지는 곳이었다.

더불어 죽림장의 장주가 죽기만을 손꼽아 기다리는 이들 역시나 한둘이 아니었다.

하나 아직까지는 그 누구도 함부로 죽산이나 죽림장을 어찌하지 못하는 이유가 있으니 바로 그곳이 무당파의 비호를 받고 있기 때문이었다.

여하튼 죽림장의 장주에 대해선 그 이름조차 크게 알려진 바가 없어 그저 죽노야라고 불릴 뿐인데, 그는 수십 년 전부터 해마다 무당파에 막대한 금액의 시줏돈을 내놓고 있었다.

하여 무당파가 죽림장을 살펴 주고 있으니 누구도 쉽게 죽산을 건드릴 수가 없었다.

다만 죽노야가 죽을 날이 멀지 않았다는 소문이 오래전부터 떠도니 그때를 기다리는 것이 전부일 뿐이었다.

어찌 되었든 죽림장은 무당의 비호만 없다면 언제 무너

져도 이상할 것이 없는 그저 그런 자그마한 장원이라는 것이다.

그 장원의 담을 넘어 은밀히 이동하는 인물이 있었다. 환관 태공공의 그림자 음사였다.

그가 죽노야의 거처 앞에 이르러 잠시 머뭇거리자 때마침 그 안쪽에서 나직한 음성이 이어졌다.

"왔느냐?"

무척이나 자애로운 노인의 목소리에 음사의 표정이 잠시간 굳어졌다.

"공공의 명입니다. 원단 전일 하남 교애산으로 아홉 봉공 모두 모이라 하셨습니다."

음사는 무척이나 딱딱한 음성을 내뱉었는데 때마침 문이 열리며 죽노야의 모습이 드러났다.

그를 마주한 음사의 눈이 잠시 동안 파르르 떨렸다가 순식간에 차갑게 가라앉았다.

"들어와 차라도 한잔 하고 가거라."

여전히 따스하게 느껴지는 죽노야의 음성에 음사의 무표정하던 얼굴이 와락 일그러졌다.

"갈 길이 멀어서 이만!"

음사가 휭 하니 뒤돌아서려 하는 순간 죽노야의 떨리는 음성이 이어졌다.

"명인아!"

순간 음사가 뒤돌아서며 죽노야를 향해 불같은 눈길을 뿜어냈다.

"그 이름을 버린 지 벌써 이십 년이 지났습니다."

"명인아!"

선풍도골이란 말이 그만큼 어울릴 것 같은 사람이 없을 정도로 인자하고 중후한 죽노야의 음성이 더없이 크게 떨렸다.

반대로 음사란 이의 눈빛은 말로 형언할 수 없을 만큼 살벌해졌다.

"똑똑히 들으십시오. 기억이 시작될 때부터 당신들 손에 길러지며 사람을 베었습니다. 문파와 명예? 그런 것들은 개새끼에게나 줘 버리십시오."

"명인아! 그런다고 부정되는 것이 아니다. 네 뿌리가 무당에 있음을 어찌……."

"문파를 수호하는 수호신이 되라 하셨지요? 지금 당신 꼴을 보며 그걸 나에게 강요하는 것입니까? 다 죽고 나와 상이만 남았습니다. 당신들처럼 사느니 차라리 세상을 함께 나누어 갖자는 태공공의 말이 솔깃함이 당연한 것 아니겠습니까?"

음사의 이죽거리는 음성에 죽노야는 차마 아무런 대꾸조차 할 수 없었다.

그 순간 음사의 입이 다시 열렸다.

"차라리 내버려 두지 그러셨습니까? 그냥, 무당의 손에 자라게 두었다면. 그랬다면 내가 이리 살겠습니까? 지금의 날 만든 건 당신들입니다. 이만 가겠습니다. 그리고 잊지 마십시오. 명인이란 이름 버린 지 오래임을……. 원단 전일 교애산에서 뵙겠습니다."

음사의 신형이 사라져 갔다.

그 멀어지는 모습을 바라보는 죽노야의 눈빛이 한없는 회안으로 가득할 수밖에 없었다.

무당의 그림자로 살며 무당을 지킨다.

그 자부심 하나로 버텨 온 칠십 년 세월이 과거의 제자를 볼 때마다 덧없이만 느껴졌다.

이제는 한낱 환관의 그림자로 살아가는 지난날의 제자, 결국 지금의 그를 만든 것이 자신과 다른 봉공들이란 것을 누구보다 잘 알기에 가슴이 찢기는 듯한 고통이 밀려들었다.

"북궁세가의 망령들이여……. 이제 그만 놓아주시구려. 모든 허물은 우리 봉공들에게 있지 않소이까……. 무량수불……."

통한으로 가득한 음성이 죽노야의 입에서 나직하게 흘러나왔다.

이미 지워진 지 오래인 북궁세가를 왜 그렇게나 지독하게 쫓았는지 이해할 수 없었다.

그때는 무엇이 그렇게나 두려웠던 것일까.

지난 강호사에 드리워진 환우오천존의 그림자 때문이라고 애써 자위하지만, 그렇다고 그 일들이 모두 정당화될 수 없음을 스스로도 잘 알고 있었다.

고작 스무 살 안팎의 계집 하나를 베는 일이었기에, 그녀가 아무리 검제의 후손이며 북궁가의 마지막 후예라 해도 고작 어린 계집일 뿐이었다.

비록 검한이란 이름과 칠패란 이름으로 무명이 자자하다고 하나 그 정도 이름이 지닌 무게가 눈에 찰 리 없었다.

하나 그 잠시의 방심이 이토록 큰 후회를 남기게 될 줄 어찌 알았겠는가.

행여 훗날의 우환이 될까, 혹은 두고두고 후환이 될 수도 있을까 하여 다음 대 봉공이 될 아이들과 함께 나선 길이었다.

그저 견문을 넓히는 일 정도라 여겼던 그 길에 대부분의 아이들이 죽어 버렸다.

벌써 이십 년이 훌쩍 지나갔으나 여전히 그날의 기억을 떨쳐 낼 수가 없었다.

"무량수불! 대체 우리는 무엇을 하며 살아가고 있는 것이오."

*　　*　　*

퍼퍽!

"크윽!"

단목강이 내지른 둔탁한 타격음과 동시에 날카로운 신음이 터져 나왔다.

하나 그 신음은 연후가 내뱉는 것이 아니라 혁무린의 것이었다.

"꽉 잡으십시오!"

연후를 등 뒤에서 붙잡고 있는 혁무린을 향해 단목강이 다시 한 번 날카로운 음성을 내뱉었다.

"아…… 알았다."

무린의 이마에 땀방울이 주르륵 흘러내렸다.

그것은 서탁 위에 앉은 채 혁무린에게 붙들려 있는 연후도 마찬가지였고, 연후를 마주한 채 타혈을 하고 있는 단목강이나 사다인 역시 마찬가지였다.

"사다인 형님! 양교맥과 음교맥은 이 정도면 된 듯합니다. 이번엔 충맥입니다. 제 손을 따라 주먹만 한 돌멩이 하나를 깰 정도 힘으로 정권을 부탁드립니다."

"알았다."

사다인의 답이 들려오자 단목강의 주먹이 빠르게 연후의 몸을 강타했다.

퍼퍼퍼퍼퍼퍽!

보이지도 않을 만큼 빠른 주먹이 예닐곱 번이나 상반신을 강타하자 연후가 풍이라도 맞은 듯 몸을 떨었다.

그러나 정작 비명을 내지르는 것은 무린이었다.

"크으으으윽!"

연후가 받는 고통만큼이나 혁무린도 충격을 받고 있는 것이다.

'젠장! 괜히. 사서 고생을……. 초노! 가만 안 둬!'

전신타혈과 타통이란 것이 이렇게나 힘들고 고통스러운 것일 줄은 정말 꿈에도 생각지 못했다.

더군다나 이렇게 연후의 몸을 붙잡고 그 충격을 고스란히 맞게 될 것이라곤 더더욱 상상도 하지 못했던 무린이었다.

그리고 무엇보다도 참기 힘든 것은 지독한 냄새였다.

"탁기가 빠져나오는 것입니다. 제발 참으십시오."

양손을 모두 연후의 겨드랑이 사이에 끼고 있는지라 코를 막을 수도 없는 상황.

연후는 벌써 예전에 혼절한 것인지 비명조차 내지르지 않았다.

벌써 진득한 후회가 밀려들었다.

지독한 냄새와 더불어 고스란히 전해지는 격타의 고통까지 겪는 무린은 그냥 이대로 혼절하고 싶은 마음이 일 정도였다.

"헐헐헐헐! 이공타혈이라. 단목 공자가 제대로 알고 있습니다. 소공, 그거 도중에 그만두면 큰일 납니다. 물론 성공하면 정녕 기연이라 할 법하지요. 약력이 고스란히 단전으로 화하는 것이니까요."

중간에 들려오는 초노인의 말을 들으면서도 정말 일이 꼬여도 굉장히 꼬였다는 느낌이었다.

그냥 팼으면 되는 일인데, 왜 하필 이공타혈이란 것을 시전하고 있는지 답답한 마음뿐이었다.

하나 단목강이 알고 있는 전신타혈의 수법은 그 자신이 직접 아버지에게 배운 그것뿐이니, 무린의 사정 따윌 봐줄 이유가 없었다.

단목강의 손은 거침이 없었다.

퍼퍼퍼퍼퍽!

그런 단목강의 격타가 끝나자마자 사다인의 주먹이 다시금 연후를 강타했다.

단목강 혼자라면 공력이 부족하여 도중에 실패할 수도 있었으나 사다인이 옆에서 적절한 힘으로 단목강을 도왔기에 연후의 상세도 차츰 안정을 찾아 가는 모양이었다.

두 사람이 번갈아 주먹을 내지를 때마다 연후는 몸을 떨었고 혁무린 역시 함께 비명을 질렀다.

"아악! 살살! 아프다고!"

혁무린이 엄살을 떨지만 되돌아오는 것은 단목강의 날

카로운 응대뿐이었다.

"조용히 좀 하십시오. 아직 정중선, 협부와 소양의 타통까지 멀었습니다."

무린의 얼굴이 와락 일그러질 수밖에 없었다.

'젠장! 보통 사람들이란…… 왜 이렇게 불편한 거야!'

한편 무린과 사다인의 격타를 온몸으로 받고 있는 연후의 머릿속은 하얗게 타들어 가는 기분이었다.

태청신단을 먹은 후부터 밀려들기 시작한 어마어마한 고통.

그것은 이제껏 단 한 번도 느껴 보지 못한 종류의 고통이었다.

몸 안에서 수십만 마리의 벌레가 한꺼번에 생살을 파먹는 듯한 고통. 그 때문에 정신을 놓기 직전의 상황까지 도달해야만 했다.

그때 거의 무의식적으로 염왕진결을 떠올리게 된 연후였다.

염왕진결을 행하면 심신이 평안해지던 것을 생각하며 거의 본능적으로 구결을 암송한 것뿐인데 그 순간 너무나도 기이한 일이 벌어지기 시작했다.

이제껏 고통만을 주던 벌레들이 진결이 운용되는 통로를 따라 움직이기 시작했으며 동시에 고통들마저 씻은 듯이 사라져 버린 것이다.

마음은 명경지수처럼 맑아졌으며 이제껏 벌레처럼 여겨지던 것이 몸 안을 따라 강물처럼 흘러가기 시작했다.

하나 그렇게 흘러가던 물길이 막힐 때면 외부에서 밀려든 힘이 시원하게 그 길을 뚫어 주었으며 시간이 지날수록 물결의 흐름은 더욱 강하고 도도하게 변해 갔다.

이따금 외부의 기운과 반응하여 강물의 흐름이 마치 대해의 풍랑처럼 거세질 때도 있었다.

그럴 때면 연후 또한 본능적으로 위험을 느끼지 않을 수 없었다.

좁은 강둑을 따라 바닷물이 범람하듯 밀려들고 있는 상황, 그리 되자 차분하던 몸 안이 다시금 날뛰기 시작했다.

그러다 대해의 기운이 두정까지 도달하였을 때 다시금 극렬한 고통이 시작되었다. 휘돌아야 할 기운이 두정의 입구에서 서로 엉키며 머릿속이 터져 나갈 것만 같은 상황에 놓인 것이다.

그때부터 고통은 더욱 가중되었다.

머릿속이 그대로 폭발해 버릴 것 같은 극렬한 통증, 염왕진결로 도인된 그 힘은 점점 더 거세졌으며 두정 앞에 막힌 거대한 벽은 도저히 뚫릴 줄 몰랐다.

그 필사적인 상황에 연후가 떠올린 것은 광해경상의 관해진결이었다.

두정에 이른 힘을 안력으로 화해 개안을 하고 광안을

얻을 수 있다는 구결.

눈만 뜨면 뭉쳐 날뛰는 힘을 안광으로 뿜어내 고통에서 깨끗이 해방될 수 있을 것만 같았다.

하나 도저히 눈을 뜰 수가 없었다.

아무리 노력해도 꼼짝할 수 없는 눈동자, 그때는 이미 고통이 한계치에 달해 있었다.

그 순간 연후의 뇌리를 스치는 또 다른 생각이 있었다.

'광안이 아니라면 광령! 어차피 일기관통이라 하지 않았더냐!'

능광선법의 단계는 광안을 먼저 이루어야만 광령으로 간다고 했다.

하나 지금은 그런 단계를 따지고 있을 상황이 아니었다.

두정에 모인 힘을 어떻게 해서라도 배출하지 않으면 그대로 죽을 것만 같았기 때문이었다.

연후가 두정에 쌓인 힘을 더욱 끌어올렸다.

마치 그 힘을 백회혈로 뽑아 하늘로 날려 버리려는 듯한 시도였다.

누구라도 무학의 상리를 안다면 말도 안 되는 무모한 시도라 할 수밖에 없는 일!

당연히 그것이 될 리 없었다.

십이경락이 열린 지 며칠 되지 않은 몸, 임독과 양맥이 꽉 막힌 몸에다 얼마 전까지 내공의 내 자도 모르던 몸이었다.

아직 진기의 운용조차 익숙하지 않은 그 몸으로는 참으로 가당치 않은 시도를 하는 연후였다.

연후의 입에서 다시금 참을 수 없는 신음이 흘러나올 수밖에 없었다.

"으으으윽!"

이제껏 혼절한 듯하던 연후의 입에서 그렇게 신음이 흘러나오자 단목강이 소스라치게 놀랄 수밖에 없었다.

정중선의 타혈을 모두 행하였으니 이제 할 수 있는 것은 다 한 것이다.

그저 연후가 깨어나길 지켜보고만 있던 상황.

어차피 이공타혈도 더 이상 해 볼 수 없는 상황이었다.

마치 호신강기막에라도 싸인 듯 자신의 주먹에 막대한 반탄력만 느껴지니 아예 손을 놓고 사다인과 한발 물러서 있던 차였다.

아무리 태청신단이 영단이라고 하나 이 정도 일이 벌어진다는 것이 도저히 이해되지 않았다.

"무언가 잘못되었습니다."

한참을 고민하던 단목강의 음성이 흘러나왔다.

또한 그것이 주화입마에 빠지기 직전의 상황임을 간파하는 것은 그리 어려운 일이 아니었다.

단목강의 음성이 더욱 다급해졌다.

"위험합니다!"

때마침 연후의 머리 위로 모락모락 김이 뿜어지기 시작하자 다른 청년들 모두 어찌해야 할 바를 알지 못했다.

하나 이대로라면 도저히 되돌릴 수 없는 일이 벌어질지도 모른다는 생각만은 확실했다.

단목강이 두 눈을 부릅떴다.

아직 행하지 못한 이공타혈의 마지막 타혈점인 백회를 노려보는 것이다.

약력이 잘못 돌아 백회로 응집되는 것이라는 판단, 이를 되돌리려면 지닌 모든 힘을 쏟아부어야 한다는 생각이었다.

단목강은 더 이상 망설이지 않고 온 힘을 다해 장심으로 연후의 백회를 내리쳤다.

콰쾅!

하나 강렬한 폭음과 함께 튕겨진 것은 단목강이었다.

"크윽!"

비명과 함께 입에서 피까지 뿌리며 벽으로 튕겨진 단목강이 사다인을 향해 소리쳤다.

"사다인 형님! 머리끝……. 백회혈을 내려쳐야…… 위험……."

단목강의 음성이 점차 낮아졌으며 사다인이 눈을 빛냈다.

상황이 심상치 않음을 느낀 그 역시 망설임 없이 천정까지 뛰어오른 뒤 있는 힘껏 연후의 머리끝을 향해 주먹을 내질렀다.

콰쾅!

하나 단목강의 내공으로도 어림없던 일이 가능할 리 없었다.

쿠탕탕탕!

사다인 역시 보이지 않는 막에 부딪힌 듯 강렬하게 튕겨 나간 것은 당연지사였다.

상황이 그리 되자 혁무린만이 멀뚱한 눈으로 그런 연후와 청년들을 바라볼 뿐이었다.

"초노…… 어떻게 좀…… 해 봐……."

"헐헐헐헐!"

노인의 웃음소리가 방 안에 그렇게 울리기 시작할 즈음 사다인과 단목강은 의식을 잃고 말았다.

그렇게 나타난 허름한 마의 노인 초노는 연후를 보며 잠시 인상을 찌푸렸다.

"허허, 참!"

"왜? 왜 그래."

무린의 표정과 음성도 다급해진 것은 당연한 일이었다.

"아침나절 수련한 건 도왕의 절기이니 알겠는데 두정에 얽혀 있는 이 기운은 노신도 전혀 모르겠습니다. 그나저나 큰일입니다. 금도산이란 친구가 옵니다. 이거 노신을 죽이려고 할지도 모르겠습니다."

"그거야 초노 일이고. 이 녀석부터 어떻게 좀……."

"하여간 소공 때문에 제 명에 못 삽니다."

두 사람의 대화가 이어지는 그 순간 문이 벌컥 열렸다.

그곳에 서 있는 이가 금도산임은 너무나도 당연한 일이었다.

두 눈을 부라리던 금도산이 연후의 상태를 보며 다급한 음성을 터트렸다.

"연후야!"

황급히 다가와 연후를 살피려던 금도산이 손을 멈칫했다.

전신을 둘러싼 무형의 강기막을 발견한 금도산, 고개를 갸웃거릴 수밖에 없는 상황이었다.

태청신단 한 알이 만들어 낼 수 있는 결과물이 아니라는 것쯤은 능히 짐작할 수 있었다.

"대체 무슨 일이 있었던 것이오?"

무턱대고 도를 휘두를 것만 같던 금도산이 그리 나오자 초노 역시 고개를 갸웃거렸다.

"헐헐헐! 그걸 왜 나한테 묻는가? 대체 이놈 무슨 사연이 있길래 고작 환약 하나 먹었다고 이리 될 수 있는 것인가?"

초노의 반문에 금도산 역시 의구심만 커질 뿐이었다.

하나 의문이나 풀고 있을 만큼 상황은 녹록치 않았다.

"좀 도와주시겠소?"

금도산의 말에 초노가 고개를 답했다.

"부탁인가?"

"그렇소이다."

"하면 나중에 이 일 따지기 없길세."

"살아난다면……."

"쩝! 반드시 살려야 하겠구먼."

금도산과 초노가 그렇게 연후를 사이에 두고 자리를 잡았다.

당금 강호에서 최고라 할 수 있는 두 인물이 연후를 사이에 두고 마주 서게 된 것이다.

하나 두 사람의 눈빛에도 긴장감이 넘쳐 났다.

연후를 살리자면 꽤나 막대한 공력이 소진되어야 함을 충분히 깨닫고 있었기 때문이었다.

삼천지란(三天之亂)

광해(光解)의 시작은 참으로 간명하도다.

우리가 보고 느끼는 모든 것이 광의 완급 안에 결정 난다 수차례 이른 바, 광의 속도보다 빠른 것이 있다면 그 끝에 무엇이 있을까를 참오하게 된 것이 바로 광해의 출발이니라.

연자가 보고 있는 모든 것들은 안력이 파악하는 범주, 즉 광의 속도 안에서만 가능한 것이다.

또한 그것이 바로 범인의 한계인 바, 하나 그 한계를 뛰어넘는 빠름으로 역행한다면 그곳에 무엇이 있겠는가?

그것이 본좌의 오랜 고민이었다.

보이는 것이 광을 통한 현재의 투상이라 한다면 그 역행

안에 과거가 있음이 아니겠는가.

시공이라 하는 모든 것들이 광의 한계 안에 존재하니 능광선법의 완성이야말로 그 시공을 넘는 단초라 할 수 있을 것이다.

그것이 모두 과장되다 여길 수도 있을 것이다.

하나 천지 아래 범인만 있는 것이 아니라 선인이 있고 천인이 있으니, 그들은 능히 만물의 제약을 벗어날 수 있는 능력을 지닌 존재들이다.

본좌 또한 능광을 통하여 그 벽을 넘지 못할 이유가 없으나 다만 한 가지 고민이 더하여졌다.

천지간에 정하여진 법도를 넘는다는 것은 이미 한계를 벗어났다는 뜻.

등선이나 탈각의 때에 육체라는 껍데기가 소멸되듯, 능광선법 역시 그러한 한계를 극복함에 본신의 소멸로 이어짐을 우려하지 않을 수 없었다.

본좌의 고민은 나날이 깊어지지 않을 수 없었다.

견고한 벽 넘어 마지막 경지를 이루어 소멸의 때를 맞을 것인가, 아니면 그 앞에 주저앉을 것인가 하는 선택의 기로였다.

하나 본좌가 누구인가?

바로 고금제일이라 칭송받아 마땅한 천재가 아니겠느냐?

이 모든 소멸의 한계를 극복할 수 있는 유일한 길을 발견하였으니 그것을 무량이라 칭한 것이다.

무량만이 유동의 삼법에 자유롭고 완급의 법을 초월하니 광안 광령을 넘어 무량을 이루면 그 벽을 넘고도 온전한 육신을 유지할 수 있으니 이 무량을 이루지 못한 채 광해의 끝을 보게 된다면 자칫 육신이 사라질 수도 있는 것이다.

무량에 도달하여야만 광해로 고금제일이라 칭해질 수 있을 것이다.

콰쾅!

머릿속은 물론 몸뚱이마저 모조리 터져 나갈 듯한 폭발이 그저 꿈결처럼 느껴졌다.

대체 얼마만큼 시간이 흘렀는지 알 수 없었으나 심신은 놀랍도록 평안하기만 했다.

눈을 뜬 연후에게 처음 비친 것은 금도산의 무심한 얼굴이었다.

"백부님!"

연후가 황급히 몸을 세우려다 깜짝 놀라 멈칫했다.

침상 위로 튕겨진 몸이 그대로 천정까지 치솟아 부딪힐 것만 같았기 때문이었다.

만일 금도산이 가볍게 손을 들어 제지하지 않았다면 틀림없이 그랬을 것만 같은 기분이었다.

"익숙해지자면 시일이 걸릴 것이다."

금도산의 음성이 이어지자 연후가 의문 가득한 눈길로 그를 바라보았다. 무엇에 익숙해진다는 것인지 언뜻 이해되지 않았다.

"공력이 넘치다 못해 사지백배로 스며들어 있으니 전과 같이 행동하다간 큰 낭패를 볼 것이란 말이다."

"대체……."

연후는 여전히 의문스러웠으나 그것이 태청신단을 복용한 뒤 겪었던 일과 관계있음을 파악하는 것은 그리 어려운 일이 아니었다.

연후가 침상에 어정쩡한 자세로 걸터앉은 채 잠시 자신의 몸을 살폈다.

백부의 말처럼 몸 안에 주체하지 못할 힘이 넘실거렸다.

이대로 살짝만 주먹을 내지르면 침상이 그대로 무너질 것만 같은 기분이었다.

그 기운이 아직 익숙지 않은 것이 당연한 연후, 때마침 금도산이 다시 입을 열었다.

"묘한 걸 익혔더구나."

금도산이 연후 앞으로 낡은 책자 하나를 꺼내 보이자 연후가 꽤나 당황한 얼굴이었다.

백부의 손에 들린 책자가 다름 아닌 광해경이었기 때문이었다.

이미 그 내용이야 머릿속에 전부 들어 있으니 지니고 있을 필요가 없는 것이었다. 하여 원래 있던 그 자리 그대로 서가 한편에 비치해 두었던 것을 금도산이 지니고 있는 것이다.

"자그마치 사흘 밤낮을 혼절해 있었느니라. 그간 이 백부가 무엇을 했겠느냐?"

"아……."

연후의 입에서 또다시 나직한 탄성이 흘러나왔다. 잠시 잠들었다 일어난 기분인데 벌써 사흘 밤낮이 지났다 하니 또다시 생경한 느낌이었다.

또한 일부러 숨겨 둘 이유가 없는 광해경을 백부가 찾았다 해서 이상할 것도 없었다. 다만 새삼 그것을 자기 앞에 내놓은 금도산의 의중을 쉽사리 이해하기 힘들 뿐이었다.

그때 다시 금도산의 나직한 음성이 이어졌다.

"궁금한 것이 많았다. 한데 이것을 보니 대강의 상황이 이해되더구나."

책자를 바라보는 금도산의 표정이 씁쓸하여 보였으나 연후의 얼굴엔 새삼 궁금함이 일었다.

몇몇 이름난 매화자들조차 모르던 광해경에 대해 금도산이 알고 있는 듯 보였기 때문이었다.

"이 책자를 아시는지요?"

"천지풍파객(天地風波客)이 남긴 것인 듯하구나."

금도산의 말에 연후가 고개를 갸웃했다.

그다지 강호에 대해 아는 것이 없다 하더라도 그 별호가 너무나 괴이하게 들렸기 때문이었다.

그러면서도 마음 한편에선 광해경을 기술한 이의 터무니없는 자존자대와 그 괴상한 별호가 제법 어울린다는 생각을 했다.

"이걸 보지 못했다면 네가 어찌 고작 며칠 만에 화염지기를 운용하게 되었으며 또 그 기운을 태청신단의 약력과 합일시킨 것인지 이해할 수 없었을 것이다. 이 책자를 꽤나 오래전부터 보아 온 듯하구나."

금도산의 말에 연후는 고개를 끄덕일 수밖에 없었다.

"열 살 어름에 얻은 뒤 꼬박 칠 년여를 끼고 살았습니다. 딱히 무공 때문이 아니라 그저 그 내용을 되새기는 것이 즐거웠기 때문이옵니다."

연후의 답에 금도산이 다시금 답답한 표정이었다.

그저 무언가를 보고 있다 하여 도가의 잡서 정도라 여겼건만 하필 천지풍파객의 비전절기를 얻었다니 그야말로 기가 막힐 노릇이었다.

더불어 금도산 스스로도 정녕 이해하기 힘든 책자의 내용을 떠올리자 나오는 것은 한숨뿐이었다.

'이것도 다 인연이란 것인가…….'

그저 그런 무공 서적이었다면 이렇게까지 되진 않았을 것이다.

아니 천고의 비급이었다 한들 그것을 익혔다면 티가 나지 않았을 리 없었으며 금도산이 미리 알아채지 못할 리 없었다.

한데 이 책자는 무공비급이 아니면서도 또한 상승의 절기를 내포하고 있는 기묘한 물건이었다.

과연 한때 세상을 뒤흔들었던 천지풍파객이 남길 법한 책자란 생각이 들 수밖에 없었다.

"태청신단의 약력과 화염지기가 임독이맥 앞에 뭉쳐 있더구나."

"……."

"임독이맥이란 생사현관이라고도 불리는 곳이다. 이 책자에 기술된 상리가 너무도 괴이하나 결국 생사현관의 타통을 꾀하니 상승의 비전심법이라 하여도 무방할 것이다."

금도산의 말을 들으며 연후는 혼절하기 직전을 떠올렸다.

약력과 더불어 염왕진결을 운용하던 기억, 그러다 외부에서 갑작스레 밀려들어 온 기운 때문에 아찔함을 느꼈던 순간까지 너무나 생생했다.

꼭 죽을 것만 같았던 그 급박한 순간이 어찌 끝이 났는지는 정확히 기억나지 않았다. 다만 희미한 기억의 끝자락에 무엇인가가 터져 버린 듯한 기이한 느낌만이 남았을 뿐이다.

그런 자신을 지켜보는 백부의 얼굴이 전과 달랐다.

무언가를 체념한 듯 보이기도 했으며 그도 아니면 이 상황을 담담히 받아들이고 있는 듯 보이기도 했다.

한 가지 확실한 것은 이전까지 무공을 익힌다는 것에 대해 지닌 반감이나 노기 같은 것이 사라졌다는 느낌이었다.

당연한 듯 그런 금도산의 태도를 이상타 여길 수밖에 없었다.

"백부님께선 무엇을 그리 근심하셨던 것인지요? 혹 모친과 관여된 일이옵니까?"

연후의 느닷없는 물음에 금도산이 조금은 놀란 눈빛이었다.

문일지십의 총기를 지녔다는 것이야 그 아비를 보아도 알 수 있고 또한 유한승으로부터 누누이 들었다.

하지만 여전히 어리게만 보았던 연후였다.

하여 여러 날을 머물면서도 쉬 모친의 일을 꺼내기가 망설여졌는데, 연후는 그마저도 어느 정도 짐작하고 있었던 것 같았다.

"이것이 혈연의 이끌림이라면 내 어찌 덮어만 두겠느냐? 제수씨는 네가 평범히 살기를 소망하였지만 결국 너도 알아야 할 일이라 생각했다. 이는 지금 네 아비의 행보와도 무관치 않은 것이니……."

금도산의 음성이 전에 없이 무거워졌다.

연후 또한 자세를 바로 한 채 묵묵히 금도산의 입이 열리길 기다렸다.

부친과 모친의 사연, 결코 가볍지 않은 이야기라는 것을 짐작하고 있었다.

부친이 명천대인이라는 말만 꺼낸 뒤 여러 날 동안 다른 이야기를 꺼내지 않았다. 하나 연후 또한 일부러 찾아가 물으려 하지 않았다.

알아야 할 이야기며 들어야 할 이야기면 언제가 되어도 해 줄 것이라 생각했기 때문이었다.

보통 사람이라면 안달하고 닦달해도 이상하지 않을 일이었지만 연후에게 부모의 존재란 그렇게나 매달려야 할 일이 아니었다.

조부의 정만으로도 충분하다 느끼고 있으며 풍족하게 자랐고 하고 싶은 공부를 마음껏 할 수 있었으니 그것이면 충분히 족하였던 것이다.

하여 철이 든 이후 부모에 대한 원망 같은 것은 해 본 적이 없는 연후였다.

아비의 복수에 평생을 다 보낸 금도산으로서는 그런 연후가 쉬 이해되지 않는 것도 사실이었으나, 사람이 저마다 다름을 모를 정도로 막혀 있는 이는 아니었다.

하나 정녕 모친과 부친의 사연만은 전하기 힘든 것도 사실이었다.

"제수씨의 자는 연, 성은 북궁이라 한다."

"북궁연……."

연후가 저도 모르게 그 이름을 나직하게 되뇌자 금도산이 재빠르게 말을 이었다.

"강호에선 검한(劍恨)이란 이름으로 더욱 알려져 있고."

"네엣?"

연후가 저도 모르게 목소리를 높였다.

분명 들은 기억이 있었다.

백부와 마찬가지로 칠패에 속해 있는 이들 중 검한이란 별호를 들어 본 적이 있는 것이다.

"들어 보았더냐?"

"백부님과 더불어…… 칠……패라 불린다는 것만 알고 있습니다."

연후는 당황하여 음성마저 떨렸다.

하나 금도산은 여전히 무심한 음성이었다.

"하면 칠패가 왜 칠패로 불리는지 그 사연들도 알고 있느냐?"

"아닙니다. 다만 백부님의 사연만 귀동냥하였습니다."

대답을 하는 연후의 음성은 무척이나 조심스러웠다.

하나 금도산은 심중의 답답함을 지워 내지 못한 얼굴이었다.

차라리 그 사연을 알고 있었더라면 말하기 편하련만 하는 얼굴, 하지만 연후는 침묵으로 금도산의 입이 열리기만을 기다렸다.

얼굴 한번 보지 못한 모친의 사연이 궁금한 것도 사실이었지만 그보다 이제껏 전혀 다른 세상이라 여겼던 강호와 자신이 지독하게도 얽혀 있다는 사실에 묘한 떨림이 이는 기분이었다.

"제수씨가 검한이라 불리기 전 얻었던 별호가 나찰검귀였다. 당시만 해도 제수씨가 여인인 것도 세상이 알지 못했던 때였다."

금도산의 침울한 음성과 더불어 섬뜩한 별호가 언급되자 연후가 잠시 움찔했다.

하나 그 신색은 어느새 차분하게 변했다.

칠패가 강호에 패악한 일을 저질러 그런 이름을 얻었다고 들었지만 눈앞에 백부만 해도 그 사연을 따지면 마땅히 할 도리를 다하였다는 생각이었다.

살부지자는 불공대천의 원수라 하는데 혈육 된 도리로 그 피 값을 갚는 것을 어찌 공맹의 도리만으로 악하다 폄하할 수 있겠는가.

물론 그 한을 삭여 인의로 용서한다면 더할 나위 없는

성인이라 하겠으나, 그리하면 세상에 성인 아닌 이가 어디 있겠는가.

하니 그와 반대로 불공대천의 원수를 갚는다 하여 그를 무도하다 할 수 없음이 세상의 이치라 판단하는 연후였다.

그런 이유로 금도산의 사연을 듣게 된 후 오히려 그 올곧음과 강직함에 대하여 마음이 끌렸다. 어쩌면 모친에게도 그에 합당한 사연이 있을지도 모른다는 생각에 은근한 기대감마저 생겼다.

하나 연이어진 금도산의 말은 연후의 짐작과는 또 달랐다.

"네 모친이 여인인 것이 밝혀지고 검한이라 불리기 직전까지는 그 내력을 아는 이가 아무도 없었다. 네 모친은 검에 인정을 두지 않았고 진면목을 본 이를 아무도 살려두지 않았기 때문이다."

금도산의 말에 연후는 저도 모르게 오한이 밀려드는 것을 느꼈다.

연후의 눈빛이 굳어졌고 나직한 물음이 금도산에게 이어졌다.

"악인이셨나요?"

혹여 그 때문에 이토록 말 꺼내기가 조심스러웠던 것은 아닌지 짐작했다.

하나 금도산의 표정은 섬뜩하리만큼 굳어졌다.

"강호에 선과 악은 없다. 있다면 강자와 약자, 그리고 은과 원만 있을 뿐이다."

단호한 금도산의 말에 연후는 저도 모르게 고개를 갸웃했다.

선과 악이 없는 세상이라니, 연후의 사고로는 도저히 이해되지 않는 답이었다.

연후가 복잡한 심경으로 눈을 말똥말똥 뜨자 금도산의 나직한 물음이 이어졌다.

"북궁혈사란 말을 들어 보았느냐?"

처음 듣는 말이었다.

연후는 천천히 고개를 젓는 것으로 답을 대신했고 금도산은 깊은 한숨을 내쉴 수밖에 없었다.

"허어. 하긴 함부로 떠드는 이가 없으니…… 대관절 어디부터 시작하여야 할 이야기인지 판단키 어렵구나. 강호란 참으로 모진 곳이다. 참으로……."

금도산의 눈빛이 더없이 나직하게 가라앉아 갔고 그를 바라보는 연후의 눈빛 또한 별반 다르지 않았다.

대관절 무슨 이야기를 꺼내려 하기에 이리도 뜸을 들이는지 모르겠단 생각이었다.

바꿔 말하면 그만큼 꺼내기 힘든 이야기를 듣게 된다는 생각으로 마음 한편이 무거워지는 연후였다.

"북궁혈사란 이전 시대 천하제일검가 북궁세가의 멸문

과 연관되어 있는 일이란다. 또한 이를 이야기하기 위해 환우오천존 중 마지막 자리를 차지하고 있는 존재, 검제 북궁황을 설명하지 않으면 아니 되고……."

금도산의 음성이 나직하게 흘러나왔고 연후는 어느새 그 이야기에 속절없이 빠져들었다.

강호무림사에 기록되어 있는 마지막 천하제일인 검제 북궁황, 그의 이야기는 그가 등장했던 과거의 역사와 함께 시작되었다.

몽고의 수십만 정병이 전 중원을 휩쓸던 시절 명문 정파라 하던 이들은 모두 숨을 죽일 수밖에 없었다.

오직 흑도며 사파라 불리던 이들만이 원 황실과 결탁하여 득세하는 세상이 되어 버린 것이다. 그들이 등에 업고 있는 몽고군의 위용 앞에 감히 반기를 들 수 있었던 곳은 극소수에 불과했다.

더불어 천 년 강호무림사가 이어 오는 동안 핍박과 멸시 속에 살았던 그들의 원한은 실로 거대했으며, 그들이 조직한 흑천회의 복수는 처절하기만 했다.

문파와 세가를 존속시키기 위해선 자신들의 무공 절기를 비급으로 만들어 흑천회에게 바쳐야만 했으며, 그 수장되는 이가 연판장에 혈인(血印)을 함으로 원 황실에 영원토록 충성을 맹약해야만 했다.

단지(斷指)의 혈인이라 불리는 치욕, 더불어 자신들의 무공을 낱낱이 기록하여 바치지 않은 문파는 하루아침에 쑥대밭이 되었다. 오직 그 처절한 굴욕을 감내한 곳만이 명맥을 이어 갈 수 있는 암흑의 시간이 도래한 것이다.

구파와 오대세가마저 그 치욕을 감내하였으니 다른 군소문파의 사정이야 물어보지 않아도 뻔한 일이었다.

그 후로 오랜 세월 강호는 숨을 죽였다.

그렇게 반백 년 가까운 시간이 흘렀고 흑천회의 세상은 영원할 것만 같았다.

그때 검제가 나타났다.

그가 한 자루 연검을 허리에 차고 흑천회에 도전을 시작했을 때만 해도 모두가 혈기를 누르지 못하는 치기 어린 젊은 무인의 발악이라 생각했다.

처음엔 그가 남궁세가 출신이라는 추측이 대부분이었다. 그가 펼친 검공이 오래전 실전되었다고 알려진 초연검결과 흡사하다는 소문이 돌았기 때문이었다.

하나 그는 자신을 북궁황이라 밝혔고 스스로의 무학을 무상검이라 했으니 소문은 그저 소문으로 끝났을 뿐이다.

그런 북궁황의 행보가 무모한 치기가 아니라는 것을 모두가 깨닫게 되는 시간은 그리 오래 걸리지 않았다.

그는 정말로 강했다. 아니 강했다는 말로도 표현이 되지 않는 존재였다.

절대무적, 혹은 고금무적이란 말만이 북궁황을 표현할 수 있었다.

그는 가로막는 모든 것을 베었다. 마치 세상 전체와 맞서 싸우려는 듯 피하지도 숨지도 않았다. 그저 그가 걷는 길은 피와 주검만이 가득한 혈로가 되었을 뿐이다.

강호를 유린하던 흑천회의 이천 고수가 오직 북궁황 한 명을 감당치 못하고 괴멸되어 갔으니 북궁황이야말로 천의무봉한 무위를 보였다 할 수 있었다.

흑친회의 붕괴와 몰락은 당시를 살았던 이들조차 믿지 못할 정도의 괴사였으며 그 후 흑천회의 잔당이 원 황실과 동조하여 움직인 것은 정하여진 수순이었다.

원의 정병 태반이 서역과 남만 원정길에 떠났다 하나 이십만이라는 어마어마한 수의 병력은 여전히 중원 땅 위에 뿌리내리고 있었고 그들이 움직이자 강호인들은 북궁황의 최후를 예견할 수밖에 없었다.

한데 놀랍게도 혈사평 첫 교전에서 일만의 선발대가 북궁황에게 무너졌단 소문이 나돌기 시작했다.

누구도 믿기 힘든 일이었으나 실제로 혈사평에 남은 것은 시산혈해의 참상뿐이었다 전해지니 원 황실과 대륙이 한꺼번에 요동칠 수밖에 없었다.

그것이 정말로 북궁황 혼자 벌인 일인지 아닌지는 아직까지도 명확하지 않았다.

하나 그 후 원의 정병 전체가 북궁황 단 한 명을 쫓아 움직이는 믿지 못할 일이 벌어진 것 역시 사실이었다.

강호무림뿐 아니라 대륙인들 모두가 숨죽이며 그의 행보를 주시할 수밖에 없었다.

도저히 그 끝을 예측할 수 없었던 북궁황의 행보, 하나 일인대전이라 칭하여진 그의 행보는 너무나 싱겁게 끝이 나고 말았다.

돌연 원의 군대가 말머리를 돌렸기 때문이었다.

그 직후 원의 황실은 이전까지 존재했던 중원의 황조처럼 강호의 일에 절대로 간섭하지 않겠다는 선언을 한 뒤 그 말을 철석같이 지키기 시작했다.

그리 되자 강호의 소문은 더없이 무성해졌다.

북궁황이 원의 황제를 인질로 잡았다고도 했고, 또 누군가는 그의 문파에는 그만한 고수가 헤아릴 수도 없어서 원 황실이 꼬리를 말았다는 이야기까지 떠돌았다.

하나 그 무엇도 사실이라 확인된 것은 없었다.

단지 북궁황은 산동의 끝자락에 칩거하며 북궁가를 세웠으며 그 북궁가는 원이 패망하기 직전까지 존속하였을 뿐이다.

그렇게 시간이 흐르는 동안 누구도 다시 북궁황을 본 사람이 없었고, 북궁가가 강호에 나선 일은 단 한 번도 없었다. 그렇다고 해도 그 이름은 드높아만 갔다.

북궁가가 북궁세가라 칭송받으며 천하제일가임을 부정한 이가 나올 수 없게 되어 버린 것이다.

더불어 북궁황은 검제라 칭하여지며 천하제일로 칭송받았으니 그가 죽었다고 알려진 후에도 많은 고수들이 나타나 천하제일검, 중원제일도, 도성, 권왕, 불성 등의 이름을 얻고 당대 제일로 칭송받았으나, 감히 북궁황과 같은 반열로 칭해질 수 없었다.

당연히 검제 이후 누구에게도 천하제일인이란 이름이 붙지 않게 된 것이다.

"……하여 검제는 이전 시대 존재했던 절대종사들과 더불어 환우오천존이라 칭하여졌으니, 천하제일인이란 그 절대적 공경의 칭호는 검제 이후 오직 세상과 홀로 맞설 수 있는 무인에게만 주어지게 된 것이다. 하니 그것을 어찌 이전까지 강호를 좌지우지했던 이들이 두고 볼 수 있었겠느냐? 그리하여 일어난 것이 북궁혈사란 참으로 치졸한 짓이었느니라……."

금도산이 잠시간 호흡을 가다듬으며 차를 한 모금 마시자 연후 역시 저도 모르게 나직한 한숨을 내쉬었다.

'대체…… 얼마나 강하면…… 홀로 그만큼의 수를 베었단 말인가…….'

정말로 상상이 가지 않는 이야기였다.

더불어 그런 힘을 지닌 인물이 나온 곳에 불어닥친 혈

사란 것이 어찌 생겨날 수 있는지 연후 역시 자꾸만 목이 타는 기분이었다.

한시라도 빨리 나머지 이야기를 듣고 싶은 마음, 한데 금도산이 난데없는 말을 꺼냈다.

"거기서 엿듣지 말고 들어오너라."

"……?"

누구에게 한 이야기인 줄 몰라 연후가 고개를 갸웃거리자 방문이 벌컥 열리며 낯익은 이들의 얼굴이 보였다.

단목강을 비롯하여 혁무린과 사다인이었다.

"하하! 몰래 들으려고 한 건 아니구요. 연후 녀석 상세가 걱정돼서……."

귀를 바짝 방문에 대고 있던 그 모습 그대로 혁무린이 멋쩍은 음성을 토해 내자 단목강이 화들짝 놀라 말을 이었다.

"금 대협! 정말입니다. 어찌 금 대협의 이목을 속일 수 있다 생각이나 했겠습니까?"

단목강 또한 꽤나 당황한 눈빛으로 사다인의 옆구리를 꾹 찔렀고 사다인 또한 마지못해 한마디를 더했다.

"남의 이야기 듣는 거 별로 안 좋아합니다. 요 녀석이……."

사다인이 혁무린을 쏘아보자 무린이 그제야 일어서며 뒷머리를 긁적거렸다.

"하하하! 원래 우리 동네에선 친구끼리 비밀 같은 거 없고 그렇습니다만…… 꼭 지켜 줘야 할 비밀이라면…… 반드시 알려고 하지 않고 그렇습니다. 그냥 갈까요?"

무린의 주절거리는 변명에 금도산이 담담히 그 눈을 바라보았다.

아무리 보아도 특별한 것이 없는 청년이었다.

하나 그를 호위하는 노인의 무위는 실로 이해할 수 없는 경지에 도달해 있었다.

이번 연후의 일만 하여도 초노라는 이의 도움이 없었다면 큰 사단이 벌어졌음은 당연한 일이었다.

아무리 악의가 없다 하나 정체조차 모르는 청년과 그 호위는 여전히 꺼림칙하지 않을 수 없었다.

다만 한 가지 확실한 것은 적어도 유가장이나 연후, 거기에 다른 청년들을 향한 악의가 없다는 것만 알 수 있을 뿐이었다.

하여 연후가 의식이 없는 동안 금도산은 많은 고민을 할 수밖에 없었다.

그렇게 내린 결론은 의외로 간결했다.

어차피 이 모두가 연후에게 찾아온 인연이라면 이렇게 그저 흘러가도록 두어야 한다는 생각을 한 것이다.

더불어 단목세가의 소가주와 정체불명의 두 청년 또한 강호를 살아가게 될 연후에게 힘이 되어 줄 존재가 될 수도 있는 일이 아니겠는가.

머잖아 부마가 되어 황궁으로 가게 될 연후, 든든한 지기가 생기고 더불어 염왕도법을 전수한다면 적어도 간신배나 환관들의 위협으로부터 제 한 몸 지킬 능력은 지닐 수 있으리란 판단이었다.

이미 금도산은 연후에게 염왕도법을 전수하여 줄 마음을 먹고 있는 것이다.

강호와 연을 쌓지 않았다면 모르되 시작하였다면 약하다는 이유로 핍박받지 않기를 바라는 것이 백부로서의 당연한 마음이었다.

"함께 들어도 무방한 이야기니라. 들어오거라."

금도산의 이야기에 연후는 조금 불편한 얼굴이었으나 혁무린은 전혀 개의치 않았다.

"하하하하! 처음 딱 뵙는 순간부터 마음이 통할 줄 알았다니까요."

그 너스레는 여전하였으며 어느새 연후 곁에 바싹 다가와 한마디를 더했다.

"삼십 년 공력! 고맙지?"

씨익 웃는 혁무린, 연후가 난감한 표정으로 금도산의 눈치를 살폈다.

그때 다시 단목강이 조심스레 혁무린을 만류했다.

"혀…… 형님."

도무지 누구 앞에서도 어려움을 모르는 무린이 참으로 걱정스러울 따름이었다.

"하하! 뭐, 사실은 사실이잖아. 다 내 덕이니까."

너무나 천연덕스러운 무린의 표정, 단목강은 그저 한숨을 내쉴 수밖에 없었다.

태청신단 때문에 연후뿐 아니라 자신이나 사다인도 자칫하면 큰일을 당할 뻔했는데 어찌 이리 뻔뻔할 수 있는지 모르겠단 생각이었다.

그렇게 무린의 넉살이 한참일 때 금도산이 다시 입을 열었다.

"자네들을 이렇게 들인 것은 내 사감이 담기지 않은 이야길 연후에게 들려주고 싶어서라네."

금도산의 표정이 굳어지자 무린 또한 더 이상 나대지 못했고 다른 청년들 모두 숙연한 표정이었다.

금도산은 그런 청년들을 한번 쓰윽 훑더니 단목강을 정면으로 응시했다.

"단목세가 출신이니 북궁혈사에 대해 잘 알고 있을 터, 어떤가? 자네가 직접 이야기해 보겠는가?"

뜻하지 않은 금도산의 말에 단목강의 얼굴이 삽시간에 굳어졌다.

"금 대협! 북궁혈사와 본가가 무관함은 이미 다 알려진 사실이온데……."

"누가 자네 가문을 탓한다 하는가? 앞서 말했다시피 그 천인공노할 만행에 관하여 내 감정이 들어가지 않을 수 없으니 하는 말일세. 그저 자네가 알고 있는, 아니 세상이 알고 있는 이야길 들은 대로 연후에게 전하라 하는 것일세."

금도산의 말에 단목강은 더욱 눈빛이 굳어질 수밖에 없었다.

더불어 의문 가득한 눈길로 자신을 쳐다보는 연후와 다른 청년들을 보며 마음이 한없이 무거워지는 느낌이었다.

단목강이 주저주저하며 말문을 열기 시작했다.

"북궁혈사가 벌어진 것이 벌써 백여 년 가까이 흘렀습니다. 하여 제가 아는 것 역시 들은 것이 전부일 수밖에 없습니다. 그 일이 있은 후 얼마간은 본가가 배후로 지목되었다 들었습니다. 하나 이는 사실 무근입니다. 비록 그 단초가 본가에서 흘러나온 것은 부정할 수 없으나 그때 본가는 무가로서 시작도 아니 하였을 때입니다. 하니 어찌 북궁혈사의 배후가 될 수 있겠습니까? 다만 단지 책자 하나를 세상에 내보인 것이 그만큼이나 큰 파장을 일으킬 줄 몰랐을 뿐입니다."

단목강의 음성은 무척이나 조심스러웠으나 연후는 또다시 고개를 갸웃거릴 수밖에 없었다.

어머니와 관련 있는 일이라 하여 기껏 이십여 년 남짓

흘렀을 것이라 짐작했는데 그보다 훨씬 오래전 이야기가 나온 것이다.

더구나 그 일에 단목강의 가문이 적지 않게 연루되어 있는 듯하니 세세한 사연이 더욱 궁금하지 않을 수 없었다.

“뜸 들이지 말고 시원하게 말해 봐라. 넌 다 좋은데 말할 때 앞뒤가 너무 길어.”

갑작스런 무린의 면박에 단목강이 잠시 무린을 쏘아보았으나 무린은 천연덕스러운 얼굴로 그 시선을 외면했다.

때마침 금도산을 보는 무린, 그 얼굴이 ‘꼭 내 말이 맞죠’ 라고 말하는 것 같았다.

단목강은 나직한 한숨을 쉬며 말을 이어 갈 수밖에 없었다.

“지다성녀가 남긴 사서(史書)가 본가의 심처에서 발견된 연유가 무엇인지는 아직까지도 의문투성이입니다. 다만 그녀가 남긴 사서들의 내용이 워낙 괴이무쌍한 터라 강호의 문파들에게 그 내용을 알리고자 한 것일 뿐입니다. 한데 그것이 북궁세가를 멸문의 길로 인도하게 될 줄 누가 알았겠습니까?”

단목강은 굳어진 얼굴로 잠시 호흡을 끊었고 때마침 연후가 물었다.

“지다성녀가 남긴 사서라. 대체 그녀가 누구이며 무엇

을 기록하였길래 한 가문을 멸문지화에 처하게 만들었단 말이냐?"

연후의 음성에는 은은한 노기가 서려 있었다.

딱히 모친의 가문 일이라 하여 일어난 노화는 아니었다. 다만 강호무림이란 세계가 너무나 비정하다는 느낌에 저도 모르게 음성이 격앙된 것이다.

"어허! 흥분하지 마라. 지다성녀가 남긴 책자들은 꽤나 유명한 거다. 삼종불기에 대한 이야기도 그 책자에 언급된 거고. 이전까지 알려지지 않았던 무림사에 대한 이야기도 꽤나 자세히 나와 있다. 너만 빼고 다 알걸. 안 그러냐, 사다인?"

무린이 슬쩍 끼어들며 사다인을 끌어들이자 사다인이 말없이 고개를 끄덕였다.

그런 청년들의 반응에 연후는 나직한 한숨을 내쉴 수밖에 없었다.

이족인 사다인마저 알고 있는데 정작 자신은 전혀 듣도 보도 못한 이야기들이니 그 답답함은 말로 표현하기 힘든 지경이었다.

'정녕 나만 빼고 다들 아는 이야기란 말인가.'

이제껏 세상이 좁다 하며 수많은 장서들을 읽고 머리에 담아 두었는데 잠시간 그것이 다 부질없다는 생각마저 들 정도였다.

그렇게 청년들이 말을 주거니 받거니 하는 동안 금도산은 전혀 관여치 않고 지켜볼 뿐이었다.

때마침 무린이 한소리를 더했다.

"지다성녀는 환우오천존 중 무제의 처로 알려진 여인이다. 하늘을 뚫어 본다 할 정도로 놀라운 지혜를 지녔다고 기록된 여인이기도 하고. 모르긴 몰라도 사서 말고도 무제의 비급 같은 걸 남겼을 거야. 그것도 매우 어렵고 복잡한 방법으로…… 안 그러냐?"

"네엣?"

느닷없는 무린의 질문에 단목강이 당황하였으나 무린은 별일 아니란 얼굴이었다.

"간단하잖아. 내내 상단 일만 하던 단목세가가 고작 한 세대 만에 천하제일가로 발돋움을 했으니까. 거기다 공교롭게도 북궁혈사가 일어난 후부터 두각을 나타내기 시작했으니 당연한 듯 너희 가문이 배후로 의심 받은 거고……."

무린의 연이어진 말에 단목강은 등줄기로 식은땀이 흘러내리는 기분이었다.

무린이 정곡을 찔러 왔기 때문이었다.

지다성녀가 남긴 것은 사서뿐만이 아니었다.

무제의 비급을 전혀 생각지도 못한 여러 가지 방법으로 곳곳에 숨겨 놓았던 것이다.

그리고 그것을 찾기 시작한 것도 그 사서가 발견된 이후부터였다.

실제로 그 무렵 단목세가는 강호 문파들의 눈치 때문에 잔뜩 웅크려야만 하는 지경이었다.

지다성녀가 무제의 부인이었다는 사실은 이미 널리 알려진 일, 하니 혹시 그녀가 무제의 비급을 남겼을지도 모른다는 소문이 더해져 안팎으로 위기에 처할 수밖에 없었다.

정면으로 세가와 상단을 압박하는 이들부터 숱하게 담장을 넘나들며 은밀히 세가를 뒤지는 이들까지 모두를 속수무책으로 견뎌야만 하는 처지가 되었다.

하나 지다성녀가 남긴 무제의 비급들은 그런 방법으로 찾을 수 있는 것이 아니었다.

아둔한 이가 익혀 천하의 해악이 될 바에 영원히 묻히는 것도 순리라 할 수 있으니, 지혜를 지니고 천하창생에 도움이 될 존재만이 그것을 취할 자격이 있을 것이다.

지다성녀가 남긴 이 자구를 풀어낸 것이 단목강의 증조부였고 그녀의 안배는 실로 교묘하여 수년 동안 그 누구도 그것을 해결할 수 없었던 것이었다.

단목세가보다 먼저 천하상단이 세상에 뿌리를 내렸는데

그 천하상단의 상단주가 바로 천부대종(天富大宗)이라는 별호로 칭송받는 단목세가의 시조였다.

그가 말년에 집필하여 남긴 취금록(取金錄)이라는 것이 있는데 이는 총 열두 권으로 이루어져 있을 만큼 방대한 분량의 서적이다.

이를 요약하여 집필한 것이 시중에서도 흔히 구할 수 있는 취금십이기전이란 책자다.

이 책자는 취금록 중에서도 핵심적인 내용만을 간추려 한 권으로 묶은 책자로, 상인이 되거나 상단을 운용하는 이들에게는 천자문만큼이나 기초가 되는 이론서로 자리잡은 것이었다.

하여 오히려 취금록을 살피는 이가 없어졌는데 그 취금록 원본 열두 권 곳곳에 무제의 비급이 교묘한 방법으로 감춰진 채 전해져 내려온 것이다.

이는 오직 단목세가의 가주들에게만 전해 내려오는 비밀 중에 비밀이었다.

한데 무린이 그것을 콕 집어 말하니 단목강의 얼굴이 사색이 된 것은 당연한 일이었다.

때마침 연후가 입을 열지 않았다면 단목강은 그 사실을 있는 그대로 털어놓을 뻔할 정도로 당황하고 있었다.

"그곳에 대체 무엇이 적혀 있었길래 북궁세가가 멸문지화를 당한 것이냐?"

연후의 음성은 생각 외로 차분했다.

"삼천지란의 끝자락에 관한 이야기가 적혀 있었습니다. 세상이 알지 못하는 무제의 마지막 행보와 그때 그곳에서 무슨 일이 벌어졌는지를 말입니다."

"삼천지란?"

연후의 반문에 단목강은 또다시 한숨이 흘러나올 수밖에 없었다.

그 순간 의외로 내내 조용하던 사다인의 입이 열렸다.

"만마의 시작, 혹은 마의 조종이라 불리는 곳이 바로 삼천이다. 그놈들은 또한 우리 부족의 뿌리 깊은 원수이기도 하지."

전혀 뜻밖의 말에 청년들뿐 아니라 금도산마저 의아한 눈이 되었다.

삼천이 무제에 의해 소멸된 것이 벌써 삼백 년이 지난 일이었다.

한데 이족 청년이 그들을 원수라 칭하니 그 사연이 자못 궁금하지 않을 수 없었다.

하나 사다인은 그 속내를 쉬 털어놓을 이가 아니었다.

"내가 아는 건 그 정도. 나머진 저 입 싼 녀석에게 들어라."

"하하하! 음…… 역시 이야기는 좀 흥미진진하게 해야 맛인데…… 그래도 비사이니 좀 더 무게를 잡고…… 흠

흠."

혁무린이 잔뜩 헛기침을 하자 연후가 곱지 않은 시선을 던졌다.

"하하! 알았다구, 알았어. 그러니까…… 삼천지란이 일었을 때 무제가 삼천을 모조리 없애 버린 것은 아니었어. 그중 몇몇을 살려 주었는데……. 그 이유가 무제와 그가 살려 준 이들이 한 핏줄이기 때문이었다는 거야. 그중 대표적인 이가 바로 북궁 성을 쓰는 이들이었고, 사서에 그 같은 사실이 적혀 있었던 거지. 그 때문에 강호가 발칵 뒤집혔다. 뭐, 사실 이유 같은 게 뭐가 중요했겠어. 잃었다고 생각했던 것들을 되찾고 싶었던 걸 테지. 그때 강호 문파들은 그냥 명분이 필요했던 거야. 북궁세가를 멸해도 된다는……."

* * *

무린의 이야기가 끝나고 분위기는 한동안 더욱 침울해졌다.

때마침 금도산의 입이 열렸다.

"거기까지가 세상에 알려진 이야기들이란다. 그리고 지금부터 내가 전하고자 하는 것은 알려지지 않은 이야기들이고."

무겁게 가라앉은 분위기를 더욱더 침중하게 만드는 금도산의 음성이 이어졌다.

“당시 북궁혈사를 주관했던 이들은 대부분 단지의 혈인에 날인을 한 이들이었다. 그들에게 북궁세가는 그야말로 끝없이 치욕을 되새기게 하는 존재였지. 하여 삼천의 후예라는 이유만으로 북궁세가의 식솔들을 철저히 주살하기에 이르렀다. 그것이 북궁혈사의 전말이지.”

연후는 저도 모르게 주먹을 파르르 떨었다.

가슴속에서 무언가 울컥하고 치밀어 오르는 기분, 북궁세가가 모친의 가문이라는 이유보다 그 어처구니없는 살육의 이유 때문에 더욱 분노가 일었다.

아무리 강호란 세상이 대명의 국법을 우습게 여긴다 하나 그 같은 참상이 벌어질 수 있다는 사실이 도저히 이해되지 않았다.

“하나 검제란 절대종사를 배출한 가문이 그리 호락호락 맥이 끊어질 리 없음을 간과한 것이 그들의 실기였다. 살아남은 이들이 있었고 그들은 깊은 음지로 숨어들어 복수의 나날을 꿈꿔 왔다. 하나 그마저도 쉽지 않았다. 끝까지 북궁가의 맥을 끊기 위해 집요한 추적을 행한 무리들이 있었으니 그들이 바로 중살(衆殺)이라 알려진 이들이다.”

“서…… 설마……. 중살이면?”

단목강이 놀란 눈빛으로 입을 열었고, 혁무린은 여전히

무척이나 흥미로운 얼굴, 사다인은 내내 무표정했고 연후는 또다시 고개를 갸웃거려야만 했다.

칠패를 언급할 때 언뜻 들었던 것이 바로 중살이란 별호였다.

하나 그 세세한 사정을 알지 못하는 것은 이전과 다를 바가 없었다.

그렇다고 하여 결코 조바심을 내지는 않았다. 그저 차분히 풀어지는 사연을 기다릴 뿐이었다.

그런 연후를 위해 단목강이 나섰다.

"벌써 수십여 년 전부터 곳곳에서 벌어지는 의문의 암살 사건과 참극들이 있었습니다. 처음엔 조정 내부에서 벌어지는 권력 다툼이라 여겼지요. 환관에 반대하던 대신들이 죽어 나간 것이 시작이었으니까요. 한데 어느 순간부터 그 대상이 관과 무림을 넘나들기 시작했습니다. 대장군가의 몰락은 물론 하북팽가의 참사 역시 그들의 소행이라 알려져 있습니다. 하나 그 수가 여럿이라는 추측만 있을 뿐 정확한 인원조차 알려지지 않아 그저 중살로 불리고 있습니다."

단목강의 이야기에 연후는 저도 모르게 으드득 소리가 날 정도로 이빨을 꽉 깨물었다.

"인명은 재천이라 했거늘 어찌 그리도 사람 목숨을 가벼이 여긴단 말이냐? 정녕 그것이 가당키나 한 일이란 말이더냐!"

연후의 음성이 저도 모르게 격앙되었다. 또한 그 눈빛은 정면으로 금도산을 향하고 있었다.

너무나 어처구니없는 일들이 횡행하고 있다는 사실에 울분은 걷잡을 수 없이 커져 갔다.

"네가 적공을 한다 하였을 때 왜 만류하였는지 이제야 알겠느냐?"

차가우면서도 무심하게 이어지는 금도산의 음성에 연후는 치밀었던 울화가 무색하리만큼 멍한 얼굴이 되어 버렸다.

스스로 너무 흥분했음을 깨달은 것이다.

"그 혈로 속을 걸어갈 자신이 없다면 이제라도 말하거라. 단전을 파하고 근맥을 잘라 주마. 유생으로 한세상 살아가는 데는 지장 없도록 하여 줄 것이다."

연이어진 금도산의 음성에 연후는 대꾸조차 하지 못하고 그대로 굳어졌다.

온몸을 옥죄는 항거할 수 없는 기세, 그 기세에 연후뿐 아니라 단목강이나 사다인마저 본능적으로 몸을 떨 수밖에 없었다.

금도산은 당장이라도 연후를 반병신으로 만들고도 남을 듯한 무시무시한 눈빛을 하고 있었고 내심으로도 연후에게 크게 실망하고 있는 터였다.

이토록 쉽게 흥분하는 마음으로 강호에 발을 디디는 것보다는 차라리 무공을 익힐 수 없는 몸으로 만드는 것이 낫겠다는 마음까지 일 정도였다.

하나 무린은 그 심각한 상황을 전혀 개의치 않는 얼굴이었다.

"하하하! 왜 그러세요! 그 아까운 태청신단까지 먹었는데……. 연후야 원래, 천생이 유생이라 그렇지요. 아저씨가 이해하세요……. 아하하하하."

너무나 살벌한 순간에 흘러나온 어처구니없는 무린의 넉살에 금도산마저 어이가 없다는 얼굴이었다.

하지만 무린은 여전했다.

"그러지 말고 마저 이야기해 주세요. 그 중살이란 녀석들…… 그 녀석들이었나요? 아저씨 팔을 자르고 비무대에서 도망치게 만든 놈들이?"

무린의 말에 금도산의 눈이 튀어나올 것처럼 커져 버렸다.

너무 놀라 할 말마저 잃어버린 표정, 아니 정말로 처음 의심했던 것처럼 눈앞의 천둥벌거숭이 같은 청년과 초노라는 노인이 그들 암중의 무리와 한패가 아닌가 하는 의심마저 불거졌다.

"아이참! 간단하잖아요. 아저씨같이 강직한 분이 이유없이 도망갔겠어요? 더구나 그 중살이란 녀석들 팽가에선 도불쌍성(道佛雙聖)의 손을 피해 도망갈 정도라는데…….
그 정도 실력이 아니라면 어떻게 도왕이라 불리던 아저씨가 팔까지 잘리며 도망쳤겠어요. 제 말이 맞죠?"

무린의 연이어진 말에 금도산의 황당했던 표정이 차츰 정상을 되찾았다.

마치 당시의 일을 직접 보기라도 한 듯 꺼내 놓는 무린이라는 청년의 음성, 더불어 그 호위라는 노인의 무공마저 떠오르자 마음속은 납덩이를 달아 놓은 것만 같았다.

'하긴 그런 정도의 인물이 주인으로 모시는 아이라면 범상치 않음이 당연한 것 아니던가.'

무린을 바라보는 금도산은 잠시간 말이 없었다.

더불어 다른 청년들 역시 더없이 긴장할 수밖에 없었다.

연후야 백부와 조카 사이니 그렇다 해도 세상천지에 도왕 금도산을 상대로 이렇게까지 여유를 부릴 수 있는 무린이 정말로 대단하다 여기고 있었다.

"혁무린이라 하였더냐?"

"하하! 네."

"네 추측은 틀리지 않았다."

금도산의 연이어진 말에 단목강은 꽤나 충격을 받은 얼굴이었다.

도왕이 신의를 잃어버린 일에 그들 중살이란 이들이 끼

어 있다는 사실이 꽤나 충격적으로 다가온 것이다.

대관절 중살이란 이들은 어찌하여 이렇듯 전혀 연관도 없는 사건들에 깊이 관여하고 있는지 더욱 이해할 수 없었다.

금도산의 입이 다시 열렸다.

"그들은 스스로를 봉공이라 부른다. 북궁세가의 생존자들을 끝까지 추격한 이들도 바로 그들이다. 네 모친 역시 그들에 의해 치명상을 입었고, 부친을 만난 것도 그 무렵이었다. 당시 인연이 이어져 연후 네가 세상에 태어나게 된 것이고……."

일엽지추(一葉知秋)

능광선법의 오의만으로는 최고의 경지라 할 수 있으나 여기에는 무인으로서 한 가지 치명적인 단점이 존재하니라.

광령을 얻어 유동의 삼법을 초월한다면 그 어떤 공격도 위해를 가할 수 없음은 당연한 이치. 거기에 탄공막이 더해지니 누가 감히 무량을 얻은 이에게 타격을 줄 수 있겠느냐.

하나 이는 오로지 방어의 수단으로서만 사용이 가능하니 호신강기나 불괴지신, 아니 금종조나 철포삼 같은 외문기공만 대성하여도 능광선법의 오의만으로 상대하기가 쉽지 않은 맹점이 있다.

아무리 완급의 도를 넘어서 광속에 이른 공격을 취한다

하여도 상대에게 타격을 입히지 못한다면 결국 이길 수 없음이 지당한 바가 아니겠는가?

하나 공력을 얻고 광안과 광령을 깨달을 재주를 지닌 이라면 무엇을 익힌다 하여도 강기 무학 정도야 쉽게 도달할 수 있을 것이다.

강기가 별것이더냐?

그저 백 년 정도 공력을 쌓고 그것을 집중하여 형상화시킬 정도의 극히 평범한 재주만 있다면 우마(牛馬)라 하여도 펼칠 수 있는 것이 강기 아니더냐.

그런 어쭙잖은 강기무공을 일일이 기술할 필요가 없음은 당연한 바, 하니 따로 무학을 전하여 남길 이유는 없느니라.

다만 중요한 것은 광령을 얻었다 해도 육신이 그에 동화되어 움직이기까지는 매우 지난하고 고통스러운 단련이 필요하니 부단하게 쉬지 않고 이를 행해야만 할 것이다.

아침나절 소슬한 가을바람이 불어왔다.

대학당에 모여 유한승의 가르침을 받는 청년들은 여느 때와 다름없이 경건한 모습이었다.

사서야 예전에 떼어 버린 청년들에게 묵가의 가르침을 전하던 유한승이 마침내 서책을 덮었다.

"오늘은 이만 되었고 오후에는 출타하여 내일 중에나

올 것이다."

유한승의 말이 끝나자 청년들이 저마다 예를 표했다.

"어디 가세요?"

그 와중에 혁무린이 궁금한 눈빛으로 묻자 유한승이 인자하게 웃으며 답하였다.

"봉명궁에서 인편으로 서신이 왔더구나. 공주께서 뵙자 하시니 따라야지."

"아아! 그 귀여운 공주님이요."

"어허! 무린. 아무리 중원의 예를 멀리한다 하여도 황상의 영애께 무엄하구나."

유한승의 준엄한 질책에 무린이 뒷머리를 긁적였다.

"네, 죄송해요. 버릇이 돼서요. 우리 동네에선 친구 부인 될 사람은 그냥 친구랑 똑같거든요."

무린의 넉살에 유한승도 그저 소탈하게 웃고 말았다.

격의 없음을 탓할 이유도 없거니와 요 근자에 밝아진 연후나 청년들을 보면 마음이 놓였기 때문이었다.

"살펴서 다녀오십시오."

때마침 연후가 깊게 머리를 숙이자 유한승의 입가에 절로 웃음이 더해졌다.

눈에 서린 총기가 여름을 지나더니 더해져 그 헌앙함이 천하의 장부와도 견줄 만하단 느낌이었다.

어딘지 유약하여 보이던 모습은 찾을 길 없었고, 그런

연후의 변화가 흡족하기만 한 유한승이었다.

'도산, 그 친구에게 무공을 배운다 하여 걱정하였더니만 오히려 더욱 좋아진 모습이로구나. 하긴 심신을 함께 수양한다 하여 만류할 이유가 무엇이겠는가. 그 중심만 잡혀 있으면 될 일이지…….'

유한승은 그렇게 인자한 미소로 대학당을 나서는 연후와 청년들을 바라보았다.

한편 학당을 나선 청년들의 발걸음은 자연스레 후원을 지나 유가장 뒤편에 자리 잡은 산자락으로 이어졌다.

전과 달라진 것이 있다면 여기저기에 낯선 차림의 무사들이 유가장 주위에서 심심치 않게 목격된다는 것이었다.

천하상단에서 보내온 무인들이 바로 그들이었는데 대략 서른 명 안팎의 인원이 교대로 유가장을 호위하고 있는 것이었다.

청년들 역시 이제는 그 사실을 잘 알고 있었기에 그들을 대함에 있어서도 전혀 거부감이 없었다.

그렇게 산자락을 오르던 청년들 중 무린이 입을 열었다.

"오늘도 한 판 붙는 거야?"

선두에 선 무린은 늘 그렇듯 즐거운 얼굴이었다.

"무린 형님! 붙다니요. 그냥 수련을 위한 대련입니다."

"피, 그게 그거지. 그나저나 오늘은 서로서로 봐주기 없기다."

무린의 음성에 사다인이 서늘한 음성을 내뱉었다.

"왜? 너도 끼고 싶으냐?"

"하하하하! 왜…… 그래. 다 알면서. 나 친구랑은 안 싸운다고. 내가 진짜로 하면……. 아하하하하."

무린은 땀을 삐질 흘리며 그냥 웃기만 했다.

하지만 이제는 하도 많이 보아 그저 그러려니 하는 청년들이었다.

모두들 밝은 얼굴이었고 다만 가장 뒤처진 연후의 표정만은 골똘한 고민 속에 헤어나지 못하는 듯 보였다.

'흐흠! 오늘은 그 탄공막이란 걸 한번 사용해 볼까?'

청년들의 걸음이 멈춘 곳은 뒷산 중턱에 널따랗게 패인 공터였다. 몇 달 전 금도산과 초노의 대결 때 생겨난 분지 같은 지형이었는데 연후가 청년들과 함께 그곳에 오르기 시작한 것은 한 달가량 되었다.

공터에 오르자 단목강이 호기롭게 입을 열었다.

"오늘은 각오하는 게 좋을 것입니다."

"얼마든지!"

기다렸다는 듯 사다인이 나섰고 두 사람은 일 장 간격을 두고 서로를 마주 보았다.

정해진 순번이 있는 듯 연후와 무린은 방해되지 않도록 공터의 가장자리까지 물러났다.

때마침 은근슬쩍 무린이 입을 열었다.

"오늘도 사다인 저 녀석이 이기려나?"

"글쎄, 강이가 전력을 다하지 않으니……."

확실히 두 사람의 대결은 언제나 근소한 우위를 점하며 사다인의 승리로 끝을 맺었다.

하나 단목강이 전력을 다하여 싸우지 않는다는 것은 연후조차 짐작할 수 있는 일이었다.

공평한 승부를 한다며 내력을 금제한 채 비무에 임하고 있는 것이다.

사다인의 성격과 그 자존심을 생각하자면 절대로 그런 짓을 묵인할 리 없을 것 같았지만, 어쩐 일인지 그에 대해 사다인도 전혀 신경 쓰지 않는 것 같았다.

"전력을 다하지 않는 건 저 녀석도 마찬가지거든."

무린의 말에 연후가 고개를 갸웃했다.

"원래 강호에서 오래 살려면 삼 할의 재주는 감춰 두라는 말이 있거든. 내가 바로 그 대표적인 예라 할 수 있지. 사실 나는 거의 십 할을 감춰 두고 있지."

연이어진 무린의 말에 연후가 눈을 흘겼지만 무린은 전혀 개의치 않고 다시 입을 열었다.

"오옷! 오늘은 강이 녀석 뭔가 제대로 하려나 본데. 하긴 녀석도 자존심은 어디 가서 밀릴 놈이 아니니까."

때마침 단목강이 허리춤에서 시꺼먼 단봉 한 자루를 꺼내자 연후의 시선 또한 두 사람이 마주한 곳으로 이동했다.

"근신공박으로 형님을 이기지 못함을 인정합니다. 하여 오늘부터 병기를 사용하고자 합니다."

"고작 그런 막대기 하나로 말이냐?"

사다인의 표정은 여전히 여유로웠다. 단목강이 움켜쥔 흑색 단봉 따윈 안중에도 두지 않는 얼굴이었다.

한데 그 순간 단목강도 웃으며 입을 열었다.

"본가의 이대신병 중 월인(月刃)이라 불리는 것입니다. 보기보다 날카로우니 조심하셔야 할 것입니다."

그 음성을 끝으로 단봉을 움켜쥐자 순간 단봉 끝에서 날카로운 금속음이 터져 나왔다.

창!

사다인의 눈빛이 한 차례 파르르 떨렸다.

갑작스레 단봉 끝에서 솟아난 칼날에 당황한 것도 있지만 언뜻 보아도 그 예기가 보통이 아님을 직감한 것이다.

그 순간 단목강이 사다인을 향해 소리쳤다.

"갑니다."

단봉은 도파가 되었고 치솟은 칼날은 날카로운 도신이 되어 강렬한 파공음을 토해 냈다.

후우웅!

사다인이 대경하여 허리를 접었고 도신이 아슬아슬하게 스쳐 갔다.

그렇게 뒤로 쓰러지면서도 사다인은 오른발로 힘껏 단목강의 낭심을 차 올렸다. 하나 그러한 사다인의 공격은 이미 익숙한 단목강이었다.

처음엔 이 변칙적인 박투에 속절없이 밀렸던 것이 사실이었으나 이젠 언제 어느 때 튀어나올지 모르는 그 공격에 수월하게 반응할 수 있었다.

단목강이 왼손을 아래로 휘돌리며 차오르는 사다인의 발을 붙잡은 뒤 있는 힘껏 반대편 다리를 걷어찼다.

중심을 지탱하고 있는 한쪽 다리가 단목강의 발길질에 무너지며 사다인이 볼썽사납게 바닥으로 쓰러져 내렸다.

하나 그 순간 단목강의 눈빛이 급박하게 변하더니 황급히 고개를 뒤로 젖혔다.

나뒹굴어도 시원치 않을 상황에서 오히려 몸을 뒤집은 사다인이 발끝을 차올리며 턱을 공격했기 때문이었다.

간신히 그 공격을 피한 사이 단목강은 몸을 뒤집으며 두 팔로 지면을 박찬 뒤 재빠르게 이 장 거리까지 물러났다.

하나 단목강은 다시금 눈을 부릅떴다.

한 마리 거대한 짐승을 보는 듯한 너무나도 날렵한 움

직임의 사다인, 하나 이제는 익숙해질 때도 되었다.

"갑니다!"

날카로운 기합성과 함께 월인이라 말한 기형의 도신을 세운 단목강은 지면을 박차고 그대로 사다인을 향해 쇄도해 들어갔다.

슈아아앙!

강렬한 파공성이 도신을 타고 뻗어 나가며 사다인을 압박하는 순간, 사다인은 마치 거대한 메뚜기가 뛰어오르듯 단목강의 공격을 피해 냈다.

멀찌감치 후방으로 뛰어내린 사다인은 지면을 짚자마자 화살처럼 단목강의 등짝을 향해 주먹을 내질렀고, 단목강 역시 재빠르게 몸을 반 회전하여 도신을 휘둘렀다.

사다인의 오른 팔목을 월인의 도신이 그대로 잘라 버릴 것 같은 순간 단목강의 눈빛이 크게 치떠졌다.

마땅히 피할 줄 알았던 사다인이 그대로 도신을 향해 주먹을 내뻗었기 때문이었다.

이대로라면 사다인의 오른 팔뚝이 잘려 나갈 것이 뻔하였으니 당황할 수밖에 없는 순간이었다.

한데 월인과 그의 팔목이 부딪힌 접점에서 난데없는 기음이 터져 나왔다.

카캉!

단목강의 눈빛이 다시 한 번 치떠졌다.

그리고 이내 사다인의 주먹이 그대로 단목강의 옆구리에 쑤셔 박혔다.

"크흑!"

단목강이 비명을 내지르며 그대로 고꾸라졌다.

옆구리를 부여잡고 쓰러진 단목강, 지척에서 그를 내려다보는 사다인이 싸늘한 한마디를 내뱉었다.

"그따위 마음으로 무슨 싸움질을 한단 말이냐? 네놈 따위에게 잘릴 팔이라면 달고 다니지도 않는다."

사다인이 일갈을 내지르며 자신의 옷소매를 거둬 올리자 청동빛이 나는 철환 두 개가 팔목에 채워져 있었다.

월인을 막아 낸 것은 그 철환들, 이제껏 그런 것을 차고 있다고는 생각도 하지 못했던 단목강이었다.

그렇다고 해도 단목강으로서는 여전히 이해하기가 힘들었다.

월인의 도신은 어지간한 금석은 가볍게 잘라 낼 만큼의 위력이 있었다.

부친의 신륜과 함께 세가의 이대신병으로 꼽히는 이유도 그만큼의 날카로움 때문인 것이다.

그런 월인을 막아 낼 정도라면 절대로 평범한 철환일 리 없었다.

"흥! 중원 녀석들은 뭐든지 자기들이 최고라 생각하는 것이다. 이것이 바로 쌈 툰의 유산, 굳이 중원의 말로 표하자면 자모쌍극환(子母雙極環) 정도라 불러야겠구나."

사다인이 냉랭한 음성을 내뱉고 돌아섰다.

그사이 단목강이 힘겹게 몸을 일으켰다.

"휴! 인정합니다. 내일부터는 내공의 금제 없이 싸우도록 하겠습니다."

단목강이 그리 말하자 사다인이 슬쩍 뒤돌아보며 나직한 음성을 내뱉었다.

"그래도 결국 내가 이긴다."

너무도 자신만만한 음성, 단목강이 이를 악물었다.

전력을 다한다면 언제라도 그를 이길 수 있다고 자신했던 단목강이었지만 요 근자에 정말 그럴 수 있을까 하는 생각마저 들게 되었다.

사다인은 그만큼 강한 무인이었다.

그렇게 두 사람의 대결이 끝났을 때 이를 지켜보던 연후와 무린의 표정이 심상치 않았다.

연후의 눈은 두 사람의 대결이 이어지는 동안 쉼 없이 번쩍였는데 이는 광해경상에 언급된 개안금동의 비전이 펼쳐졌기 때문이었다.

태청신단의 복용 이후부터 가능하여진 이 특이한 안법은 눈앞에서 벌어지는 일들을 마치 그림처럼 뚜렷하게 머릿속에 새겨 넣을 수 있는 방법이었다.

아무리 찰나의 순간이라 하여도 마치 정지된 그림처럼

볼 수 있게 해 주는 개안금동의 안법을 통해 연후는 사다인과 단목강의 공수를 낱낱이 그려 볼 수 있었다.

마치 그림들을 연이어 넘기는 모습으로 조금 전 벌어진 두 사람의 대결을 조목조목 되새기고 있는 연후.

그사이 혁무린 역시 평소와는 다르게 매우 심각한 표정이었다.

"초노! 강이가 쓰는 단봉, 창고에서 본 거 같은데?"

"헐헐헐! 창고라니요. 자하별부를 어찌……."

"그거나, 그거나. 대체 어떻게 된 거야?"

"바로 보셨습니다. 별부에 있는 두 자루 단봉은 저 월인과 짝을 이루는 묵소와 중혼입니다. 모두 무제의 신병이지요. 주공께서 그와 대결한 이후 목숨 대신 거둬들였다 알고 있습니다."

"흐음…… 그거 꺼내서 강이 줘도 될까?"

"흘흘흘……. 주공께서 귀천하신 뒤에나 생각해 보시지요."

"에효효, 얼마나 남았지?"

"이 년 하고도 일곱 달 보름이 남았습니다."

* * *

연후와 사다인의 비무가 시작되었다.

이전까지는 비무라기보다 사다인의 일방적인 가르침이라고 해야 마땅할 정도로 둘 사이의 실력 차는 엄청났다.

하지만 지금 연후를 상대하는 사다인의 표정은 단목강을 상대할 때보다 훨씬 더 신중했다.

하루가 다르게 늘어 가는 무공 실력도 실력이었지만, 단목강과는 전혀 다른 형태의 무공을 선보이는 연후는 상대하기가 여간 까다로운 것이 아니었기 때문이었다.

단목강이 어딘지 틀에 박힌 듯한 움직임에 젖어 있는 것 같다면 연후는 자신과 마찬가지로 그때그때 전혀 예측할 수 없는 공격과 방어를 펼쳤다.

그것이 태청신단이라는 영약 덕인지 그도 아니면 도왕이라는 명사의 가르침 때문인지는 알 수 없었다.

다만 방심하다가 자칫 우스운 꼴을 보일 수 있다는 것만은 분명하다는 판단이었다.

팟!

지면을 박찬 사다인의 주먹이 연후의 복부를 노리며 날아들었다.

사다인의 움직임은 늘 그렇듯 한 마리 맹수를 보는 듯 날렵했다.

그 순간 연후의 눈빛에서 찰나지간 기광이 번뜩였다.

그저 무방비 상태로 보이던 연후가 몸통을 비스듬히 돌린 것도 그 순간이었다.

너무나 느릿한 움직임, 도저히 사다인의 공격을 피해 낼 것 같지 않았다.

한데 갑자기 연후의 왼쪽 팔이 불쑥 뻗어 나오더니 날아드는 사다인의 팔을 잡아챘다.

사다인이 눈을 치떴다.

연후의 이러한 반격엔 도저히 적응이 되질 않았다.

분명 피해 낼 수 없을 것이라 여기는 순간에도 아슬아슬한 간격으로 방어하며 역공까지 취하는 연후.

하나 이러한 변칙적인 공격에 있어서 사다인은 연후보다 몇 수는 위였다.

연후의 왼팔에 팔목이 잡히려는 순간 사다인이 그대로 팔꿈치를 접으며 연후의 면상을 후려쳐 갔다.

코뼈가 주저앉을 것만 같은 강한 일격, 하나 그 순간 연후의 오른손 장심이 재빠르게 사다인의 팔꿈치를 막아 냈다.

탁!

둔탁한 격타음이 터지며 사다인의 팔꿈치가 면전에서 그대로 멈췄다.

그렇게 공격이 막히자 사다인이 그대로 주저앉으며 연후의 두 다리를 걷어찼다.

하지만 연후는 이번에도 가볍게 뛰어올라 또다시 사다인의 공격을 피한 뒤 오히려 역공을 가했다.

도약했다 떨어지면서 사다인의 정수리를 향해 수도를 힘껏 내려치는 것이었다.

슈악!

마치 한 자루 칼을 움켜쥐고 있는 듯 손끝에서 파공음까지 일었다.

'칫! 이 녀석!'

순간 사다인이 이를 꽉 깨물며 발바닥을 차올렸다.

탁!

연후의 수도를 냅다 걷어찬 뒤 재빠르게 바닥을 굴러 일 장 밖으로 물러선 사다인의 눈빛이 더욱 매섭게 변했다.

촌각과도 같은 순간 벌어진 사다인과 연후의 공방, 그 때 마침 무린이 불만 가득한 소리를 내뱉었다.

"사다인! 너 연후만 봐주기냐! 강이랑 차별하는 것도 아니고!"

사다인이 눈을 흘기며 혁무린을 쏘아보았다.

남에 속도 모른다는 생각에 괜히 울화가 치밀었다. 하지만 무린은 전혀 개의치 않는 모습이었다.

더군다나 그 옆에 선 단목강마저 불만 가득한 표정인 것을 보니 아마도 자신이 최선을 다하고 있지 않다고 여기는 듯 보였다.

하나 정작 가장 답답한 것은 사다인 본인이었다.

'이 녀석! 대체 어떻게 이렇게 빨리 실력이 느는 건지.'

아무리 태청신단이란 것을 복용하였고, 매일 저녁 도왕에게 직접 무공을 배운다고 하나 도저히 이해할 수 없는 성취였다.

이러다간 정말 밑천을 다 드러내야 할지도 모르겠단 생각이었다.

잠시간 양 팔목에 채워진 자모쌍극환을 바라본 사다인이 고개를 가로저었다.

'뇌격연환권(雷擊連環拳)을 겨우 이런 곳에서 쓸 이유는 없지 않은가?'

사다인이 끌어올렸던 투기를 말끔히 지워 냈다.

당장은 남들에게 보일 이유가 없었다. 또한 굳이 그걸 사용해서 연후를 이겨야 할 이유도 없었다.

연후가 자신에게 중원의 학문을 아낌없이 지도해 주듯, 그저 무공 수련을 돕는 것일 뿐이다.

아무리 그렇다지만 그 정도 일을 위해 뇌신의 힘을 개방할 이유 따윈 애초부터 없는 것이었다.

사다인의 감춰진 한 수, 그것이 바로 뇌신의 힘이었다.

단목강이 내공을 금제하고 싸우는 것처럼 사다인도 철저히 그 힘을 숨기고 있기에 늘 여유로울 수 있는 것이다.

사다인이 날이 선 표정을 지우며 연후를 향해 나직한 음성을 내뱉었다.

"이쯤 했으면 된 것 같다. 더 이상 나한테 배울 건 없다."

사다인의 말에 정작 연후는 맥이 빠진 얼굴이었다.

"무슨 소리냐? 아직 배울 것이 산더미 같은데……."

"아니, 앞으론 강이 녀석과 싸워라. 어차피 권각술보단 도법을 배우게 될 것이 아니냐?"

사다인은 그렇게 말하고 한 발 물러섰다.

"우우우우! 치사하다. 너 귀찮아서 그런 거지?"

때마침 무린의 야유가 이어졌으나 사다인은 듣는 둥 마는 둥 무린을 향해 대꾸했다.

"그럼 네 녀석이 해 봐라. 엄청난 실력이 있다면서 설마 친구를 위해 비무 정도도 못 해 주는 거냐?"

사다인이 비아냥거림에 혁무린이 어색하게 웃었다.

"하하하하! 내가 아직 조절이 잘 안 되거든. 연후나 너네들 모두 너무 약해서…… 자칫 큰일 날 수도 있단 말이지. 그러니까 역시…… 강이 네가 나서야 할 것 같다. 뭐니 뭐니 해도 단목세가의 소가주인 네가 정통으로다가 연후를 지도 편달하는 것이 옳다고 본다."

"……."

무린의 줄줄이 이어지는 음성에 단목강은 할 말을 잃은 표정이었다.

한데 그때 연후가 입을 열었다.

"강 아우! 한 수 가르쳐 주겠느냐?"

연후가 정중한 태도로 입을 열었고 단목강이 하는 수 없다는 표정으로 나섰다.

이제껏 연후와 대련을 한 것은 늘 사다인이었다.

그러는 동안 두 사람의 대결을 지켜보던 단목강은 내심 의아한 구석이 많았다.

자신과 싸울 때는 그토록 맹렬한 공격을 취하던 사다인이 연후를 공격할 때는 왠지 너무나 무딘 공격을 하는 것처럼 보인 것이다.

마치 여길 때릴 거다라고 미리 말해 주면 연후가 그걸 듣고 공격을 막아 내는 듯한 느낌이었다.

오늘의 비무도 마찬가지였다. 드디어 그 의아함을 풀 수 있을 것 같았다.

단목강이 연후 앞으로 나가 두 주먹을 말아 쥐었다.

"사다인 형님보단 부족하지만 제법 매서운 공격을 취할 것입니다. 괜찮으시겠습니까?"

"좋다. 대신 내게도 그 월인이란 걸 사용해 주면 좋겠구나."

연후의 말에 단목강이 꿈틀했다.

고작 무공 입문한 지 석 달 정도밖에 되지 않은 연후가 월인을 들어 줄 것을 요구한 것이다.

더구나 단목세가의 이대신병인 월인, 아무리 단목강이

라지만 은은한 노기가 일지 않을 수 없었다.

'그렇게 우스워 보였는가.'

어린 시절부터 대협이 되라는 교육을 몸에 배인 것처럼 달고 자란 단목강이었지만 오늘만은 마음을 달리 먹었다.

월인 앞에서 쩔쩔매는 연후를 보아야만 어딘지 위안거리가 생길 것만 같은 기분이었다.

묵빛 단봉을 세운 단목강, 그러자 그 끝에서 다시금 시퍼런 인(刃)이 튀어 올랐다.

"강호의 칼에는 인정이 없다 했습니다. 손속이 과할지도 모르니 유념하십시오."

월인의 도신을 세운 단목강의 음성에 연후가 고개를 끄덕이며 입을 열었다.

"부탁하마."

연후의 음성이 끝나는 순간 단목강이 지면을 박찼다.

무영십절도(無影十絕刀)라 이름 붙은 단목세가의 비전절기를 펼치기 시작한 것이다.

물론 사다인을 상대로도 금제한 내력을 연후에게 사용할 이유는 없었다.

단지 초식의 현란함을 이용해 연후를 압박하고자 하는 마음이었다.

그렇다고 해도 도신에서 뿜어지는 예기는 실로 무시무시했다. 잠시간 연후는 피할 생각도 하지 못하는 듯했고 날아들던 단목강은 멈칫할 수밖에 없었다.

'반응조차 하지 못한다는 건가?'

내심 그런 생각을 하고 있을 무렵 너무나 갑작스런 연후의 반격이 이어졌다.

전혀 예상치 못한 순간 옆구리로 뻗어 오는 연후의 발길질에 아연실색한 눈이 된 단목강.

도를 베어 가는 것은 고사하고 황급히 몸을 뒤틀며 물러나기에 급급했다.

그 광경을 본 사다인이 기어코 한 소리를 내뱉었다.

"제대로 해라."

단목강이 놀란 눈빛으로 사다인을 쳐다보았다.

대체 어떻게 이런 공격이 가능하냐는 듯한 의문이 그 눈길에 가득했으나 사다인은 어깨를 으쓱했을 뿐이다.

그걸 왜 나한테 묻느냐고 핀잔을 주는 것만 같았다.

단목강은 실로 어안이 벙벙할 지경이었다.

때마침 연후의 음성이 이어졌다.

"좀 더 힘을 써도 괜찮다. 백부께서 그러시는데 나 정도면 또래에서 적수를 찾기 힘들 성취라고 하더구나."

연후의 말에 단목강이 다시 한 번 눈을 치떴다.

'대관절…… 어떻게…….'

머릿속에 의문이 가시지 않았다.

아무리 태청신단을 복용했다고 해도 어찌 석 달 만에

그런 성취가 가능할 수 있는 것인지 도저히 이해되지 않았다.

하나 도왕 금도산이 허언을 할 이유가 없다는 것 역시 명백한 일.

단목강의 눈빛이 날카롭게 번뜩였다.

우우웅!

갑작스레 움켜쥔 도신 위로 푸릇한 기운이 넘실거리며 피어오르며 기이한 공명음을 토해 내기 시작했다.

"그리 말씀하시니 본가의 명예를 위해서라도 최선을 다해야겠습니다. 조금 전과 같지는 않을 것입니다."

단목강의 음성과 눈빛은 이전까지 보아 온 소년의 모습이 아니었다.

마치 생사대적을 앞에 둔 것처럼 너무나 살벌했으며 그 기세만으로도 연후는 소름이 돋아나는 느낌이었다.

그것은 두 사람의 대치를 구경하던 사다인 역시 마찬가지였다.

이전까지 느끼지 못했던 기이한 기운, 그것이 바로 중원 무학의 근본이라는 내공의 힘이라는 것을 충분히 짐작할 수 있었다.

하나 정작 그 기세와 마주한 연후는 애써 침착함을 유지했다.

'탄공막이 안 되면 정말 죽을 수도 있겠구나.'

때마침 월인의 날카로운 기세가 공간을 격하며 날아들었다.

슈아앙!

한 줄기 푸릇한 도기가 칼날보다 빠르게 연후를 덮쳐왔다.

일순간 연후가 눈을 부릅뜨자 동시에 그 눈빛에선 기광이 번뜩였다.

눈앞의 모든 것을 정지하여 볼 수 있는 개안금동의 기묘한 안법이 시전되고 있는 것이다.

한데 그때 다시 한 번 월인이 허공을 베어 왔다.

날아들던 도기를 밀어내며 또 다른 한 줄기 도기가 겹쳐졌는데 두 개의 도기는 열십자 모양으로 변해 연후를 향해 그대로 짓쳐들어오는 것이었다.

슈아앙!

예상치 못한 단목강의 공격이 그렇게 이어지는 순간에도 연후의 눈빛에선 강렬한 기광이 계속해서 번뜩였다.

너무도 급박한 상황, 그대로라면 무영십절도의 도기가 그대로 연후를 난도질할 것만 같았다.

무린은 저도 모르게 비명 같은 음성을 내질렀다.

"강이 이놈아! 누굴 잡으려고!"

한데 그 순간 누구도 예상치 못한 일이 벌어졌다.

연후의 전신으로 마치 투명한 바람막 같은 것이 생겨난

것이다.

그 기이한 장막과 십자 모양의 도기가 부딪혔으며 그 접점에서 강렬한 기음이 터져 나왔다.

슈악!

단목강은 물론 이를 지켜보던 무린과 사다인 역시 모두 눈을 동그랗게 치뜰 수밖에 없었다.

기음이 터지며 연후의 신형이 마치 바람을 타듯 부드럽게 뒤편으로 밀려났기 때문이며 푸릇한 도기는 그대로 소멸되어 버렸다.

그 같은 일을 벌인 연후조차 잠시 당황한 모습이었다.

"대체…… 그게 무엇입니까?"

얼떨떨한 표정의 단목강이 물어오자, 연후 역시 긴장했던 눈빛을 지워 내며 나직한 음성을 내뱉었다.

"글쎄…… 탄공막이라 하는 것인데, 어째 배운 것처럼 되진 않는 것 같구나."

연후의 혼잣말 같은 음성에 단목강은 그저 황당한 눈빛일 수밖에 없었다.

무영십절도의 도기라면 어지간한 고수들조차 쉬 감당하기 어렵다고 할 정도의 절기인데 이토록 쉽게 막힐 줄은 상상도 하지 못했다.

단목강이 의구심을 지우지 못하고 연후를 바라보는 찰나, 사다인이 툭 하고 한마디를 내뱉었다.

"직접 겪어 보니 알겠지? 저 녀석 제대로 붙어도 이긴다고 장담할 수 없다는 것을?"

*　　　*　　　*

오랜만에 북경으로 향하는 마차에 동승한 네 청년의 얼굴은 늘 그렇듯 각양각색이었다.

"하하하! 오늘 같은 날 아니면 언제 기회가 또 있겠어! 스승님께서도 내일 오신다니 만사 제쳐 놓고 한잔 하자구."

혼자만 잔뜩 신이 난 혁무린의 음성이 이어졌지만 다른 청년들의 반응은 시원치 않았다.

특히 연후의 표정은 영 마땅치 않아 보였다.

마치를 호위하는 단목세가의 무인들도 불편했지만 정작 마부석에 하인 동삼과 나란히 앉아 말을 모는 백부 금도산의 동행은 더욱 연후를 좌불안석으로 만들었다.

그러거나 말거나 무린의 흥분한 음성은 계속되었다.

"강아! 오늘은 그냥 공짜로 마실 수 있는 거지?"

무린이 눈을 초롱초롱 빛내며 묻자 단목강이 맥이 빠진 목소리로 입을 열었다.

"네, 형님! 하북 상단을 총괄하시는 분께 연락을 넣었습니다. 유가장을 호위하고 있는 분들 또한 하북 상단 소속

이구요. 일간 한번 들르라 하셨으니 찾아간다 하여 박대하진 않으실 겁니다."

단목강의 말에 사다인이 다시 한 소리를 거들었다.

"유가장을 호위하는 게 아니라 널 지키는 거겠지. 약해빠진 녀석!"

사다인의 말에 단목강은 무언가 항변을 하려다가 이내 고개를 푹 숙일 수밖에 없었다.

왜 갑작스레 하북 상단에서 무인들을 보내왔는지 정확한 이유는 알지 못했다.

다만 음자대주 암천이 직접 청하였고 뭔가 좋지 않은 움직임이 있다는 것만 짐작할 뿐이었다.

거기다 유가장주인 유한승이 직접 허락하였다고 하니 두어 달 전부터 이렇게 때 아닌 호위 무사들을 거느리게 된 것이다.

다른 청년들은 별달리 신경 쓰지 않는 일, 한데 사다인만은 그게 영 마땅치 않은 듯 보였다.

아니 누구에게 보살핌을 받는다는 것을 모욕이라고 생각하는 것만 같았고, 더구나 그 상대가 중원의 무인들이라는 것이 그를 더욱 불편하게 만든다는 것만 짐작할 뿐이었다.

여차저차 그런 저마다의 생각들을 하는 사이 마차는 북경제일의 기루라는 자명루까지 이르렀고, 그 입구에서 청년들은 꽤나 놀라야만 했다.

화려하고 고급스럽기 그지없는 비단 궁장 차림의 여인들이 입구 밖으로 주르륵 도열해 있으면서 마차에서 내리는 청년들을 맞이하였기 때문이었다.

거기다 대관절 어떤 귀빈이 찾아오길래 자명루에서 이렇게 요란하게 손님을 맞는지 궁금한 손님들마저 주루 밖 창가로 목을 빼고 구경하고 있는지라, 마차에서 내린 청년들의 표정은 어리둥절하게 변할 수밖에 없었다.

그리고 그 기녀들 사이에는 풍채가 넉넉한 중년인 한 명이 서 있었다.

투실투실한 볼 살 옆으로 염소 같은 수염 두 가닥을 기른 중년 사내였는데 그는 단목강을 보자마자 호탕한 웃음을 내보이며 달려 나왔다.

"으하하하하! 소가주! 이게 얼마 만이오. 내 그렇게 한 번 들르라 사람을 보내었건만 이제야 찾아오다니…… 섭섭하기 이를 데 없소이다."

그 목소리가 어찌나 큰지 지나는 행인들마저 호기심 가득한 눈길을 떼지 못했으며, 주루 밖으로도 고개를 내민 이들 역시 궁금함을 지우지 못하겠다는 분위기였다.

단목강이 머쓱해하며 예를 표했다.

"이숙을 뵙습니다. 부친께서 폐를 끼치지 말라 당부하셔서……."

"하하하! 예나 지금이나 가주님 말씀이라면 죽고 못 사는 것은 여전하시구려. 그나저나 잘 오셨소. 일전에 오셨을 때는 내 북경에 없는 터라 얼마나 아쉬웠는지 모른다오. 내 지극 정성으로 대접하겠소이다."

이숙이라는 중년 사내는 더없이 흡족한 표정이었고 단목강은 여전히 불편함이 가득한 얼굴이었다.

그 순간 무린이 두 사람 사이로 슬쩍 끼어들었다.

"아이고, 반갑습니다. 저는 혁무린이라고 합니다. 여기 있는 우리 강이와는 개인적으로다가 매우 친밀하며 사사로이 의형제 간이라 할 수 있는 정말로 가까운 사이입니다. 거의 친형제 간이나 진배없는 사이지요."

매우 친밀한, 의형제 간, 정말로 가까운 사이라는 말을 할 때 무린은 꽤나 힘을 주었고 그때마다 중년 사내의 염소수염이 파르르 떨렸다.

단목강을 향해 사람 좋은 웃음을 짓던 것과는 달리 그 눈빛이 매섭게 무린을 노려보았다.

마치 그 내력을 속속들이 살피는 듯한 눈이었지만 그런 것에 주눅 들 무린은 절대 아니었다.

"하하하! 뭐 사실 우리 강이는 요새 제가 거의 거둬 먹이다시피 하고 있습니다. 안 그러냐?"

단목강의 옆구리를 쿡 찌르는 혁무린, 마지못해 단목강이 입을 열었다.

"여기 계신 분들 모두 제가 의형으로 모시는 분들입니다."

그제야 이숙이란 중년 사내가 청년들을 향해 정중히 예를 표했다.

"반갑소이다. 이런 헌앙한 장부들을 뵈오니 감개가 무량하외다. 천하상단의 하북 지부를 맡고 있는 두여량이라 하외다."

"하하하. 제가 소개를 시켜 드릴게요. 요기 요 녀석은 남만 출신으로 사다인이라 하고 요기 요 녀석이 바로 유가장의 대들보 유연후라 합니다. 아시죠? 봉명공주의 부마로 내정되어 있는……. 저와는 물론 둘도 없는 친구로 거의 죽고 못 사는 사이로 보시면 됩니다."

누가 청하지도 않았는데 무린이 그렇게 호들갑을 떨며 사다인과 연후를 소개하였다.

두 사람은 어정쩡하게 두여량을 향해 포권을 취했고 연이어 두여량이 호탕하게 웃음을 터트렸다.

"으하하하하! 이거 정말 귀한 분을 모셨습니다. 내 어찌 그 소문을 듣지 못했겠습니까? 유가장에 신룡이 있어 그 문재가 공맹에 비견된다는 이야기가 있지요. 자운 공주님과 짝이 되신다면 그야말로 용봉의 조화라고 하는 소문이 벌써 북경에 파다하외다. 자자, 예서 이럴 게 아니라 안으로 드시지요. 뭐 하느냐! 어서 모시지 않고."

두여량이 양옆에 도열한 여인들을 향해 목소리를 높이자 청년 한 명당 예닐곱 명의 기녀들이 달려들어 몸을 밀착시켰다.

부드러운 비단 감촉과 더불어 속살의 느낌이 청년들의 양팔로 그대로 전해졌다.

당황한 단목강이 입을 열었다.

"이러실 필요는……."

"아이 참! 소가주님! 소녀들이 모실게요."

"호호호홋! 우리 소가주님! 너무 귀여우시다."

"그러게! 잘 봐주세요."

단목강은 둘러싼 여인들의 육탄 공세와 교태에 더 이상 입을 열지 못했고 그것은 연후나 사다인 또한 마찬가지였다.

당황하여 거의 끌려들어가다시피 하는 연후와 사다인은 얼굴이 벌겋게 달아오른 것이 훤히 보일 지경이었다.

하나 혁무린만은 전혀 달랐다.

"우히힛! 좋다."

왼팔을 붙잡은 여인의 풍만한 가슴에 얼굴을 부비며 두 손바닥은 은근슬쩍 양팔을 붙잡은 여인들의 둔부를 움켜쥐는 무린.

무린을 에워쌌던 여인들의 교성이 연이어졌다.

"어머멋! 짓궂으시다."

"아아! 이러심……."

여인들의 콧소리가 연이어지자 무린이 더없이 크게 소리쳤다.

"야! 오늘 우리 단체로 딱지 떼는 거다."

무린이 소리치자 거의 끌려들어가다시피 하던 청년들이 뒤돌아봤다.

"오늘 이후로 동정을 버리자는 이야기지! 우하하핫!"

어찌나 뻔뻔스럽게 말을 하는지 청년들의 얼굴은 이제 귀까지 벌겋게 달아올랐다.

"혀…… 형님! 여기 그런 데 아닙니다."

단목강이 그렇게 항변을 해 보지만 무린이 가재미눈을 하며 한마디를 더했다.

"시끄럽고, 너 근데 고추는 서냐?"

"……."

단목강은 할 말을 잃고 말았다.

때마침 두여량의 파안대소가 터져 나왔다.

"푸하하하하! 천하의 우리 소가주님을 이렇게 다루다니. 모쪼록 즐거운 밤 되시구려. 좀 있다 찾아가리다. 뭣들 하느냐? 어서 귀빈실로 모시거라."

두여량의 음성과 더불어 길게 늘어섰던 여인들과 청년들이 자명루 안으로 사라졌고 그제야 두여량이 마부석에 앉은 금도산을 향해 공손한 표정으로 전음을 날렸다.

"천하상단의 하북지단주입니다. 보는 눈이 많은 듯하여 예를 표하지 못하였습니다."

"신경 쓰실 일 아니외다. 따로 볼일이 있어 온 것뿐이니."

"심처로 모시겠습니다. 천하의 금 대협께서 왕림하여 주셨는데 어찌 소홀이 대하겠습니까?"

"그럴 것 없소. 따로 볼일이 있으니 아이들이나 잘 돌봐 주시오."

"허허, 그리 말씀하시니 도리가 없습니다. 다만 이 말은 전하여야 합니다. 본가의 가주께서 일간 뵙기를 청하셨습니다."

"……!"

"하여 의중을 여쭙고자 합니다."

"단목 가주께서 일개 떠돌이에 불과한 날 찾아 무엇하시려고?"

"제가 감히 어찌 그 의중을 다 헤아리겠습니까. 다만 가주께서 이런 말씀을 전하라 하셨습니다. 하늘 아래 누가 금 대협을 위협할 수 있을까. 하지만은 암중의 세력은 너무도 깊고 은밀하여 천하에 없는 곳이 없다 하셨습니다."

두여량의 전음에 금도산의 무심하던 눈빛에 잠시간 기광이 번뜩였다.

그때 다시 두여량의 전음이 이어졌다.

"허락하신다면 언제든지 편한 시간에 찾아온다 하셨습니다. 물론 저나 금 대협 이외에 누구도 알지 못할 것이라 하셨구요."

두여량의 전음을 들은 뒤에도 한참이나 금도산은 말이 없었다.

이름의 무게만으로 보자면 검륜쌍절 단목중경의 무게는 도왕 금도산과 비교하기 힘들 정도의 위치였다.

천중십좌의 일인이라는 일신의 무력도 무력이지만, 천하제일가로 불리는 단목세가의 세력에다 천하상단의 막대한 금력까지 움켜쥔 인물.

당금 강호에서 단일 세력으로 단목세가를 상대할 수 있는 곳은 찾아볼 수가 없다는 것이 정설일진대 그런 단목중경이 스스로를 낮춰 먼저 찾아온다 하는 것이니 아무리 생각해도 거절할 이유가 없었다.

또한 그가 전한 이야기 안에서 중살이라 불리는 봉공들의 냄새가 진하게 묻어나는 것을 느낄 수 있었다.

"언제고 좋다 전해 주시오. 내 기다린다고……."

금도산의 답에 두여량의 표정이 환하게 밝아졌다.

"그리 전하겠습니다."

"하면, 기왕 폐를 끼치기로 한 것, 한 가지 더 묻겠소."

"말씀하시지요."

"북경에서 가장 뛰어난 철방이나 장인을 찾았으면 하외

다."

금도산의 말에 두여량이 눈을 빛냈다.

도왕 정도가 찾아야 하는 철방이라면 결코 농기구나 만들고자 하는 것은 아닐 터.

"북경 인근 반나절 거리 안에 위치한 철방은 도합 서른일곱 개입니다. 그중 명품을 다룰 만한 곳이 세 곳이 있습니다. 하나 신품을 다룰 만한 곳은 없는 것으로 알고 있습니다."

두여량의 말에 금도산의 눈에 이채가 발했다.

말 몇 마디로 자신이 찾고 있는 곳을 눈치챈 그를 보며 과연 천하상단의 지단주라는 이름이 지닌 무게를 느끼고 있었다.

하나 결코 타인에게 맡길 수 없는 물건인지라 시일이 걸리더라도 먼 곳을 찾아야겠다는 생각을 할 수밖에 없었다.

그 순간 두여량이 다시 입을 열었다.

"저와 천하상단을 믿으신다면 한번 맡겨 보시겠습니까? 본가가 있는 호남에 철련방이라는 곳이 있습니다."

두여량의 음성에 금도산이 무심한 눈길로 그를 바라보았다.

잠시간 말없이 전해지는 그 눈빛에 두여량은 이루 말할 수 없는 압박감을 받아야만 했다.

'이럴 수가! 음자대주나 가주께서 어찌 이리 극진히 대하는지 비로소 알겠구나.'

스스로 무공을 과신하진 않아도 이제껏 자신을 위축되게 할 정도의 무인은 거의 만나 보지 못했던 두여량이었다.

하나 금도산의 무위는 알려진 과거의 무위와 천양지차임을 느낄 수 있었다.

그 순간 금도산이 더없이 무뚝뚝한 음성을 내뱉었다.

"그대의 입은 얼마만큼의 무게를 지녔는가?"

"보시는 비겟살보단 더하다 할 수 있습니다."

두여량은 망설임 없이 답하였고 그 순간 금도산은 망설임 없이 그에게 하나 남은 팔을 내밀었다.

순간 팔뚝에서 기음이 흘러나왔다.

파라라락!

마치 똬리를 틀고 있던 뱀이 풀려나는 듯 얇은 금속 조각이 흘러내렸다가 이내 재빠르게 금도산의 손안으로 말려 들어갔다.

그 잠시의 순간 두여량의 눈빛이 말도 못하게 흔들렸다.

흡사 체대처럼 보이나 틀림없는 연검이었다. 비록 검병이 없어 둘둘 금도산의 손안에 말려들었지만 짧은 순간 두여량은 그 모습을 똑똑히 볼 수 있었다.

또한 그 연검에 담긴 내력이 무엇인지 짐작할 수 있었으며 그 때문에 감히 입을 열기가 두려울 지경이었다.

"알아보았다면 내가 왜 그대의 무게를 언급하였는지도 알겠는가?"

"휴! 금 대협께 잘 보이려다 이제 목숨까지 얹어서 걸어야겠습니다. 아니 검한마녀의 무상검이라면 본가의 안위 전체를 걸어야 할 일이로군요."

두여량의 두툼한 얼굴 위로 연신 땀방울이 흘러내렸다.

"알고 있다면 더 설명치 않겠네. 조카의 혼례에 맞춰 전해 주고 싶은데 가능하겠는가?"

"설마 그것을 유 공자께?"

"이 일은 자네와 나만 알고 있는 것으로 해야겠지? 그 입의 무게를 믿어 보겠네."

두여량은 더 이상 궁금한 것을 물을 수 없었다.

다만 그 머릿속에선 도저히 풀 수 없는 의문이 이어질 뿐이었다.

'만병의 으뜸이라는 검제의 무상검이 어찌 도왕의 손에 있는 것이냐? 더구나 아무리 유가장의 장손에다 부마도위라지만…… 어찌 그것을 한낱 유생에게 주고자 하는 것인지……. 혹여 유 공자가 무공을 익힌 것인가?'

* * *

자명루는 북경에서도 최고로 꼽히는 주루였다.

그 자명루 안에서도 가장 화려한 귀빈실에 자리 잡은 유가장의 청년들, 하나 들어올 때와는 달리 청년들의 분위기가 심상치 않았다.

귀빈실 안을 가득 채웠던 기녀들을 모조리 내쫓은 연후의 일갈 때문이었다.

"당장 이들을 물리지 않으면 강이 너뿐 아니라 무린 네 놈과도 상종하지 않을 것이다."

갖은 교태와 웃음으로 청년들의 혼을 쏙 빼놓던 기녀들은 그 서슬 퍼런 음성 때문에 자리를 뜰 수밖에 없었으며 청년들의 분위기 또한 급랭의 기류를 타고 있었다.

청년들 모두는 연후가 이처럼 화를 내는 것을 본 적이 없었다.

그렇다고 하여 연후의 역정에 태도가 변할 무린이 아니었다.

"하하하! 녀석 부끄러워하기는. 너 혹시 공주마마 때문에 순정을 지키려는 것이냐?"

분위기 파악도 못하고 이어지는 무린의 농에 연후의 눈에 쌍심지가 켜진 듯했다.

하지만 무린은 역시나 개의치 않았다.

"봐라, 너 때문에 강이나 사다인이 얼마나 아쉬워하고

있는지를…….”

무린이 은근슬쩍 끌어들이자 단목강이 화들짝 놀랐다.

“제가 언제…….”

그때 잠자코 있던 사다인이 연후를 향해 입을 열었다.

“대체 뭐가 그렇게 화날 일이냐?”

평소 말이 그리 많지 않은 사다인이었지만 일단 입을 열면 결코 그 언사가 가볍지 않았다.

연후가 그런 사다인을 향해 굳은 음성으로 입을 열었다.

“삯을 내고 여인을 즐긴다는 것이 말이나 된단 말이더냐. 사람이 물건도 아니고…….”

“도대체 그 판단의 기준이 뭐냐?”

“군자에게는 삼계가 있다 하였다. 그중 첫째가 젊은 날은 혈기를 억제하지 못하니 여색을 멀리하라 성현께서도 이르지 않았더냐? 배운 것을 행하지 못한다면 아무리 공부를 한다 한들 무엇에 쓰겠느냐?”

연후가 논어의 구절까지 인용하여 답하자 사다인은 피식하고 웃어 버렸다.

연이어 그 눈빛만큼이나 조소 어린 사다인의 음성이 이어졌다.

“여기 군자는 너뿐이로구나.”

사다인의 연이어진 냉랭한 반응에 연후는 고개를 갸웃

거려야만 했다.

대체 왜 이렇게 나오는지 모르겠다는 표정, 그러자 사다인이 정색을 하고 다시금 연후를 몰아붙였다.

“내 어찌 지고한 네 생각을 따라가겠느냐만은 세상 사는 데 공맹만이 전부 진리는 아닐 것이다. 즐거우면 즐겁고 슬프면 슬프고 마실 수 있으면 마시는 것이지, 그 하나하나를 다 성현의 말과 따져서 뭐하느냐? 어디 그뿐인 줄 아느냐? 오늘 이 자리에 들지 못한 기녀들은 또 어느 방인가에서 웃음을 팔고 가무를 팔고 몸을 팔아야 할진대, 우리 옆에 앉는 것이나 다른 곳에 자리를 잡는 것이나 뭐가 그리 다른지 모르겠구나. 차라리 그냥 계집에 서툴러서라고 하면 이해나 할 것을…….”

사다인이 혀를 차며 입을 닫아 버리자 연후는 잠시 말문이 막혔다.

이 자리에서 쫓겨나듯 방을 나선 여인들이 또 다른 곳에서 웃음을 팔아야 한다는 생각까진 하지 못했기 때문이었다.

사다인의 참견으로 분위기가 점점 더 서먹하게 돌아가려는 때 무린이 또다시 나섰다.

“아하! 사다인 너도 정말 아쉬운가 보네. 그러지 말고 한 명씩만 부르자. 아까 그 누님 가슴이 장난 아니던데……. 내가 어지간하면 이런 얘기 안 하는데 사실 내가 태어날 때 어머니가 숨을 거두셨다. 가련하게도 젖도 제대로 못 먹고 자란 것이지. 그 때문에 여인들 가슴만 보면 자꾸 어머니 생각이 나고 그런다. 정말 딴 뜻이 있어서 그런 건 아니다."

무린의 애처로운 음성이 이어지자 단목강과 사다인은 뚱한 표정으로 그런 무린을 바라보았다.

정말인지 거짓인지 모르겠지만 이 상황에 나올 이야기는 분명 아니었다.

결국 두 사람 모두 무린을 향해 한 소리를 내뱉어야 했다.

"무린 형님! 제발 좀 그만……."

"하여간 네놈 갖다 붙이는 건 정말 못 들어주겠다."

두 사람의 핀잔이 그렇게 이어졌으나 연후만은 또 다른 표정이었다.

무린을 쳐다보는 연후의 눈길이 애틋하게 변한 것이다.

"정말이더냐?"

그것이 사실이라면 자신의 처지와 똑같다 할 수 있는 것이니 마음 한편이 저도 모르게 짠하게 느껴진 것이다.

연후 또한 모친과 생면부지가 아니던가.

연후의 물음에 무린이 연후를 바라보았다.

"나 거짓말 못하는 거 모르냐?"

참으로 뻔뻔한 무린의 말이었지만 연후는 그 말이 거짓

이 아님을 느낄 수 있었다.

때마침 연후의 표정이 깊게 가라앉자 기다렸다는 듯이 무린이 입을 열었다.

"그럼 다시 부를까?"

반색을 하고 되묻는 무린, 연후가 어처구니없다는 듯 쓴웃음을 내뱉었다.

아무리 그래도 그렇지 태생의 아픔을 고작 기녀와 동석하기 위해 꺼내 놓았을까 하는 생각이었으나 무린을 보고 있자니 충분히 그러고도 남겠단 생각이었다.

"그러지 말고 형님들. 술 한잔 하시지요. 너무 과하지 않게 차리도록 이르겠습니다."

단목강이 벌떡 일어서서 나가자 남은 청년들은 한동안 말이 없었다.

영 불편한 시간이 한동안 계속되었는데 그동안만은 무린도 평소와는 달리 무척이나 우울한 표정이었다.

'진짜인 건가? 어머니 이야기…….'

연후는 내심 그런 생각을 했으나 대놓고 물을 수는 없었다.

사실이라면 꽤나 아픈 이야기가 될 것이기 때문이었다.

잠시의 시간이 지난 뒤 소담한 술상과 함께 단목강이 들어와 다른 청년들에게 술을 따랐다.

"폐를 끼치는 자리라 비싸지 않은 것으로 내달라 했습니다. 괜찮으시죠?"

일전에는 은자 오십 냥짜리 금존청에 상다리가 휘어지게 차려서 밤새 퍼마셨던 청년들이었다.

그때에 비하면 참으로 단출하기 그지없는 술상이었다.

무린이 술잔이 채워지며 피어오르는 주향을 맡으며 호들갑스럽게 입을 열었다.

"오호! 분주로구나. 그것도 산서에서 나온 제대로 된!"

무린의 말에 단목강이 오히려 반문했다.

"이것도 비싼 겁니까? 그냥 평범한 술로 내달라 했는데……."

"그냥 분주야 별거 아지만 산서산이라면 다르지. 금존청만은 못해도 은자 열 냥은 할걸."

"무린 형님은 참 모르시는 게 없습니다. 어쨌든 이숙께서 내주신 것이니 편히 드시다가 가시지요."

"하하! 술이나 안주가 뭐가 중요하겠어! 좋은 사람들과 이렇게 즐겁게 마시면 그게 바로 풍류지. 안 그래?"

무린이 연후를 보며 거들어 주길 바라는 눈치였는데 별반 호응을 얻지는 못했다.

"네 녀석한테 어울리는 소릴 좀 해라. 조금 전까지도 있는 집 자식이 더한다고 주절거리던 녀석은 어딜 간 거냐?"

사다인이 쏘아붙이자 무린은 그냥 웃었다.
"하하! 아하하하!"
단목강이 그런 무린을 슬쩍 노려보았으나 그때 연후가 찰랑거리는 술잔을 들며 입을 열었다.
"한잔 하자."
"좋지!"
무린이 얼른 대꾸하며 잔을 들었다.
"형님들을 모실 수 있어 영광입니다."
단목강이 추임새처럼 한소리를 더하자 사다인까지 입을 열었다.
"다들 닥치고 술이나 마시자."
사다인이 술잔을 목구멍으로 털어 넣자 무린과 청년들이 연이어 술을 넘겼다.
그 뒤로 한동안 청년들은 뭐에 화가 나기라도 한 듯 내내 술만 마셨다.
늘 그렇듯 분위기를 이끌던 무린이 조용하자 예닐곱 병의 분주가 비워지는 동안 누구 하나 딱히 입을 여는 이가 없는 것이다.
마치 누가 입이 더 무거운지 내기라도 하는 듯 청년들은 말이 없었고 뜻밖에 침묵을 깬 것은 연후였다.
"뭐 하나만 물어봐도 되겠느냐?"
딱히 누구에게 정해 놓고 한 말은 아니었지만 청년들은

동시에 연후를 쳐다보았다.

"말씀하시지요, 연후 형님. 강호에 관한 것이라면 아는 데까지 소상하게 답하겠습니다."

요 근래 연후가 묻는 것이라면 당연히 무공이나 무림에 관한 것이라고 생각한 단목강의 답이었다.

하나 연후가 고개를 내저었다.

"아니, 그런 게 아니라. 대체 너희들이 왜 조부님 문하로 들어왔는지 잘 이해가 되지 않아서다. 강이 너도 그렇고 사다인 너도 그렇고, 특히 네 녀석 무린은 정말 이해가 안 간다. 조정에 출사할 뜻을 둔 것도 아니고, 그렇다고 평생 학자로서의 길을 가고자 하는 것도 아닐 터인데 말이다."

연후의 질문에 청년들의 표정이 자못 심각해졌다.

뜻하지 않은 연후의 질문, 그러자 선뜻 나서서 대답한 것은 단목강이었다.

"형님께서는 유가장 안에서 나고 자라 스승님께서 얼마나 대단한 명성을 지니신지 모르는 듯합니다. 스승님께 배울 수 있다는 것은 그것만으로도 참으로 영광된 일입니다."

"그런 틀에 박힌 대답을 듣고자 한 건 아니다. 강이 너의 가문이 무림에서도 그토록 대단하다고 하는데, 어찌 좋은 글 스승 한 명 구하지 못하겠느냐?"

"역시 형님께선 스승님이나 유가장이 어떤 위치인지 전혀 모르고 계시는 것 같습니다. 외람되오나 단도직입적으로 말씀드리겠습니다. 본가의 힘은 대륙 곳곳을 아우르고 있습니다. 하나 힘만 가지고 그것을 영위해 나갈 수는 없다는 것이 제 부친의 가르침이자 생각이십니다. 하여 천하를 담을 그릇이 되라며 저를 유가장에 보내신 것입니다. 스승님께서는 그만큼의 덕망이 있으신 분이시구요. 답변이 되었는지요."

단목강의 답에 연후는 서서히 고개를 끄덕였다.

그러더니 사다인을 보며 물었다.

"사다인 넌?"

"뭐가 궁금한 것이냐?"

역시나 순순히 대답할 사다인이 아니었다.

"그냥 궁금하다. 이족인 네가 굳이 이 먼 곳까지 와서 지내는 이유도 그렇고, 왜 그렇게나 증오하는 중원의 학문에 매달리는 것인지도 의문이다. 답하기 곤란한 것이면 그만하여도 좋고."

"아니. 그런 것이라면 말 못할 이유는 없다. 우리 부족은 환관 정화에 의해 쑥대밭이 되었다. 남만의 강하다는 부족들 대부분이 그렇게 무너졌다. 나는 그렇게 무너진 부족장들에 의해 키워졌다. 과거의 영광을 되살려 달라는 그들의 염원을 가지고 말이다."

"과거의 영광?"

"중원이 몽고의 기병들에 무너졌을 때도 남만은 멀쩡했

다. 원이란 이름으로 중원을 통치할 때도 수시로 침범하였지만 끄떡없었다. 그때가 우리 부족들에겐 가장 영광스러웠던 시절이었다. 한데 그 후부터 중원의 문물과 사상이 유입되면서 부족들은 점차 분열하고 약해져 갔다. 급기야 내통자들에 생겨났고 결국 부족들은 전멸해 갈 수밖에 없었다. 나는 중원을 배워 몰락한 부족들을 다시 재건해야 할 사명을 갖고 있다. 또한 이왕 배운다면 대륙 최고라 하는 스승님께 배우고자 하는 것은 당연한 일이다."

사다인의 말에 연후와 단목강이 말없이 고개를 끄덕였다.

대강 사연은 짐작하고 있었으나 막상 자신들과는 전혀 다른 과거가 있다는 것을 알게 되자 그 어깨에 짊어진 짐의 크기가 느껴졌다.

그때 다시 혁무린이 입을 열었다.

"어라! 남만의 영광이라면 뇌령마군의 중원행이 있던 시절 아닌가?"

무린의 말에 연후나 단목강이 고개를 갸웃했다.

일전에도 무린이 했던 말이었다.

하나 사다인의 표정은 말도 못하게 굳어졌다.

"그 일 보 일 보에 천하의 모든 이들이 두려워 복종하였다. 그게 바로 뇌제의 전설이지. 정말로 세상이 모두 벌벌 떨었다고 하니까."

"전에도 그러시던데 뇌령마군, 아니 뇌제가 정말로 남

만인이었습니까?"

단목강이 궁금함을 참지 못하고 묻자 사다인이 싸늘하게 답했다.

"내가 어찌 알겠느냐?"

그러자 무린이 다시 나섰다.

"남자가 치사하게. 친구끼리 자꾸 그렇게 감추고 그러는 거 아니다."

무린의 난데없는 소리에 다시금 연후와 단목강, 사다인의 눈빛이 변했다.

그러거나 말거나 무린은 다시금 특유의 장난기 어린 표정으로 입을 열었다.

"뇌령마군이 강호에 나온 이유가 뭐냐면…… 사람의 머릿속에 알을 까는 벌레가 있는데 그걸 남만의 부족들이 성스럽게 여겨 키웠다는 전설이 있다. 그 벌레를 먹게 되면 죽음을 두려워하지 않는 전사가 된다는 거지. 한데 어느 날 그 성물을 키우던 부족이 몰살당하고 벌레의 유충들이 감쪽같이 사라진 일이 벌어진 거다. 남만의 수호령이었던 뇌령마군은 그 복수를 위해 중원으로 나온 것이고……."

단목강조차 난생처음 듣는 이야기였다.

환우오천존 중 뇌제라 불리는 존재가 대체 어디서 왔는지, 또한 왜 그토록 무자비한 살생을 벌인 뒤 홀연히 사라졌는지에 대해선 그저 의문으로만 남아 있는 일들이었다.

만약 무린의 이야기가 사실이라면 강호의 호사가들이 눈을 뒤집고 반겨 할 이야기나 다름없는 것이다.

하나 사다인의 눈빛은 더욱더 날카롭게 변해 버렸다.

"쓸데없는 소리 마라."

그렇다고 혁무린이 할 말을 가릴 위인은 절대 아니었다.

"친구끼리 비밀 같은 거 자꾸 감추고 그러기 없는 거다. 자모쌍극환 그게 뇌신의 힘을 담는 기보 아니더냐? 그런 거 자꾸 비밀로 하고 그러면 친구 사이에 벽이 생기고 서먹서먹해지고 그러는 거니까……."

무린의 말이 장황하게 연이어졌고 그 순간 갑작스레 사다인이 번개처럼 술상을 뛰어넘어 무린의 목울대를 움켜쥐었다.

"더 주둥아리 놀렸다간!"

뇌령마군의 이야기야 이미 과거의 일이니 어쩔 수 없다지만 자모쌍극환은 일족의 비밀 중에 비밀이었다.

아직 그 힘을 전부 흡수하지 못한 사다인이기에 철저히 감춰 둬야 할 비밀이었다.

대관절 어떻게 그런 사실들을 속속들이 알고 있는지 모르겠으나 무린의 입을 막아야 하는 상황임에 틀림없었다.

움켜쥔 손에 힘을 더하며 무린의 눈을 째려보는 사다인, 그 눈이 맹수의 그것처럼 무린을 옭아맸다.

한데 그 순간 예기치 못한 일이 벌어졌다.

사다인의 전신이 갑작스레 파르르 떨린 것이다.

입도 뻥긋하지 못하던 혁무린의 음성이 그 순간 사다인의 머릿속을 천둥처럼 울리고 있는 것이다.

— 진짜로 말하는데 이 손 놔라. 아직 힘 조절 잘 안 된다. 큰일 나는 수가 있다.

머릿속을 쩌렁쩌렁 울리는 예기치 못한 무린의 음성과 더불어 마주하게 된 그 눈빛은 평소의 주절거리는 허풍쟁이의 눈이 절대로 아니었다.

아주 찰나지만 무린의 눈에서 태산이 짓누르는 듯한 어마어마한 무게감을 느낀 사다인이었다.

그것은 내공이 발현하는 기세와는 전혀 다른 종류의 압박감이었다.

일전에 도왕 금도산에게 느껴야 했던 무형의 기운과도 또 다른 종류의 기세였고 그때만은 무린의 존재감이 어마어마하게 느껴졌다.

마치 인간이 아닌 존재를 대하고 있는 기분, 순식간에 손아귀에 힘이 빠져나가는 사다인이었다.

한데 그때는 이미 연후의 손이 사다인의 완맥을 움켜쥐고 있었다.

"말 못할 이야기라면 아니 하면 될 일. 힘으로 처리할 일이 있고 그렇지 않은 일이 있다. 그만둬라."

언제 움직였는지도 모르게 바로 옆에서 들려오는 연후

의 음성에 사다인의 눈빛이 또다시 흔들렸다.

그 순간 팔에 힘이 완전히 빠지며 저절로 무린의 목울대가 풀어졌다.

그제야 무린이 켁켁거리는 소리를 내뱉었다.

그러면서도 무린은 사다인을 째려보며 입을 여는 것을 잊지 않았다.

"으으으! 너 오늘 운 좋았다. 진짜 마지막으로 경고하는데…… 때릴 때 때리더라도 숨은 좀 쉬게 해 줘라. 그리고 될 수 있으면 제발 좀 살살."

언제 그랬냐는 듯 너스레를 떠는 무린, 사다인은 이제 그런 무린을 한동안 망연한 눈으로 바라볼 수밖에 없었다.

'네 녀석! 진짜 정체가 뭐냐?'

인연을 따라

첫 서리가 내리기 시작한 날부터 날씨가 수상쩍더니 고작 며칠 만에 때 아닌 폭설이 내리기 시작했다.

온 세상을 죄다 눈 속에 파묻어 버릴 듯 내리는 눈발이 북경 외곽에 위치한 매화촌 위로도 어김없이 뿌려지고 있었다.

그 눈을 열심히 비질을 하며 치우던 하인 동삼이 잠시 멈추더니 고개를 갸웃거렸다.

쌓여 가는 눈발을 뚫고 초롱을 걸친 추레한 늙은이 하나가 휘적휘적 정문 앞으로 다가왔기 때문이었다.

유가장의 현판을 보며 묘한 눈길을 하는 늙은이의 모습, 아무리 좋게 보아도 걸인으로밖에 보이지 않았다.

그렇다고 해도 이런 날씨에 매화촌까지 구걸을 나왔을 리 없다는 생각으로 동삼이 조심스럽게 물었다.

"뭔 볼일이 있으시오?"

"여기가 유가장이라면 제대로 찾아온 듯하구먼. 혹 이곳에 금도산이란 사람이 있지 않은가?"

노인의 음성에 동삼이 화들짝 놀랐다.

동삼 역시 들은 바가 있어 별원에 머무는 연후의 백부가 얼마나 무시무시한 인물인지 잘 알고 있었던 것이다.

더구나 그런 금도산을 찾아왔다면 결코 보통 사람은 아닐 터, 그렇게 생각하니 노인의 눈빛이나 기세가 범상치 않다는 생각마저 들었다.

"들어가시지요. 한데 뉘시라고 전할까요?"

"아니, 여기서 기다림세. 자칫 소란이 일 수 있으니 말일세. 그냥 거지 중에 상거지가 찾아와 대인의 말을 전하고자 왔다면 알아서 나올 것일세."

노인의 말에 동삼은 고개를 갸웃거리며 안으로 들어갔고 거지 노인은 한동안 그 자리에 말없이 서 있었다.

다만 고개를 갸웃거리는 것이 예기치 못한 기운들이 주변에 가득함을 느끼고 있었다.

'흠! 대인의 가문에 도왕 이외의 무인들이 왜 이리 많은고?'

그때 멀리서 그 거지 노인을 바라보는 인물들이 있었다.

암천과 초노였다.

"흘흘흘! 제법이로구나. 저 아인 또 누군고?"

"어르신. 아이라니요? 칠패 중 괴개라 불리시는 분입니다."

"고 녀석! 내가 아이라면 아이인 게다. 내 반에 반 토막도 안 살아온 녀석이 아이지 그럼 뭐란 말이냐?"

"대체 어르신의 연세가 어찌 되시길래……."

"많이 알면 많이 알수록 네놈 명도 짧아지는 법이다."

"쳇! 하여간 혁 공자나 어르신이나 무슨 비밀이 그리 많은 것인지. 그렇게 나이가 많으시다면 왜 그렇게 금 대협은 대접해 주시는 겁니까?"

"그 친군 강하지 않느냐? 이 늙은이가 붙어 봐야 승패를 가릴 정도라면 마땅히 내게 대접 받을 만하지."

"하면 저기 괴개 어르신은 약하단 말입니까?"

"저 눈밭에 남은 족적을 보건대 이제 겨우 운신의 법을 깨우친 정도로 여겨지니 어찌 노부를 따라오겠느냐?"

초노의 말에 암천은 고개를 갸웃거렸다.

알려진 무명만 놓고 보자면 괴개 역시 절대로 도왕 금도산의 아래가 아니기 때문이었다.

"괴개 어르신께서 관부와 마찰만 일으키지 않았어도 지

금쯤 개방은 과거의 성세를 회복하셨을 겁니다. 다른 칠패들과는 달리 강호에서 꽤나 대접을 받고 있는 분이시지요."

"그런 거야 노부가 관심 가질 이유가 없지. 그나저나 네가 모신다는 단목 가주는 어떠하냐? 도왕에 비견될 만하냐?"

"제가 어찌 감히 가주님의 무공을 평하겠습니까만은 절대 금 대협의 아래는 아닙니다."

"흘흘. 검륜쌍절이라 부르던데 하면 무제의 진산절기를 전부 이은 것은 아니지 않느냐?"

"허걱! 어르신께서 어찌 그걸……."

"단목세가가 무제와 지다성의 핏줄이 세운 것인데 당연한 것이지."

"어…… 어르신……. 그런 이야길 함부로 하시면 본가와 적이 될 수도 있습니다."

"헐헐헐. 도대체 그런 걸 왜 감춰야 하는 것인지 이놈의 강호가 한심하기 그지없구나."

"강호의 세세한 안력이야 어찌 다 말로 설명할 수 있겠습니까. 다만 본가의 힘은 정녕 무시하시면 아니 됩니다."

"헐헐헐! 감히 네놈이 노부를 협박하는 것이냐. 네놈의 단목세가야 이미 예전에 한 번 망했다가 살아났느니라."

"네엣?"

"무제 그 인간이 노부의 주공께 참으로 무리한 짓을 했지. 그분의 심장에 칼을 박았으니 말이다. 그때 단목세가뿐 아니라 강호니 무림이니 하는 것들 전부가 사라질 뻔했다는 사실을 네놈이 어찌 알겠느냐?"

"네에? 무제가 언제 적 인물인데……. 그나저나 심장에 칼이 박히다니요?"

"뭐 그런 게 있느니라. 그 무제란 위인이 벌인 일이지. 하지만 이 늙은이가 태어나기도 전의 일이라 나라고 뭐 정확한 사연을 아는 것은 아니다."

"대체…… 어르신의 문파는 뭐 하는 곳입니까? 무제께서 어째서 어른신의 문파와 싸운 것입니까?"

"정말로 알고 싶으면 목숨을 걸어라. 어떠냐? 알려 줄테니까 죽을 터이냐?"

"……."

"한심한 놈…… 넌 그래서 늘 노부에게 욕을 먹느니라. 진짜로 궁금하다면 목숨 같은 걸 거는 게 뭐가 대수라고."

"그런 억지가 어딨습니까? 아무리 그래도 못 믿겠습니다. 말씀대로라면 어르신이 모시는 그분께서 무제와 동시대의 사람이라는 것인데 어찌 사람이 그같이 오래 살 수 있습니까? 삼백 살이 훨씬 넘었다는 말인데……. 누가 그런 말을 믿겠습니까?"

"노부의 나이가 몇인 줄 아느냐?"

"네?"

"이 갑자가 지난 것이 언제인지 헤아릴 수조차 없느니라. 아마도 열 몇 해만 지나면 삼 갑자를 꼬박 채우게 되겠지?"

"네엣? 하면 연세가……."

"헐헐헐! 본문의 힘을 감히 인간의 잣대로 예단하지 말아라. 주공께선 이 하늘 아래 유일한 분, 또한 세상의 운명을 주관하시는 분이시다. 정녕 내가 허언을 하는 것으로 보이느냐?"

"그…… 그런 건 아니지만……. 누구도 믿지 않을 것입니다……."

"그러니까 네놈한테만 말하는 것이다. 단목세가가 그만큼 재주가 있다 하니 소공과 마찰을 빚지 않길 바라는 것이고. 소공께서 네놈들이나 무림을 어여삐 여기는 마음이 생겨야 지금처럼 강호무림에 무탈함이 계속될 수 있느니라."

초노의 나직한 음성에 암천은 더 이상 대꾸조차 할 수 없었다.

마치 강호무림 전체를 손바닥 위에 놓고 있다는 듯한

초노의 말, 하나 왠지 그 말들이 사실일 것 같다는 생각이 들자 묘한 기분마저 일었다.

때마침 초노의 음성이 다시 암천에게 이어졌다.

"주공께서 소공을 강호에 보낸 이유도 아마 그 때문이라 짐작되느니라. 세상의 따뜻함을 보고 인연을 소중히 살피라는 의미겠지. 하나 이 나잇살만 먹은 늙은이가 어찌 주공의 깊고 깊은 혜안을 다 살피겠느냐? 그분께선 천의를 주관하시는 분, 우리 같은 범인들이 보지 못하는 것을 이미 알고 계신 것이지."

*　　　*　　　*

"의제가 보냈습니까?"

정문 앞으로 나선 금도산의 표정은 밝지 못했다.

"천하에 나를 움직일 수 있는 사람이 대인 말고 누가 있겠는가? 대인께서 간곡히 이르시길 회로 돌아오라 하시네."

괴개라 칭하여진 노인의 음성은 심각하였고 그 말을 듣는 금도산 또한 별반 다르지 않았다.

"떠날 때 이미 말하지 않았습니까? 뜻이 다르니 함께할 수 없다고 분명히!"

"어허! 어찌 대인의 의중을 이토록 곡해하는가? 그분이 세운 뜻은 만백성을 위한 것이네. 더 이상 위정자가 판치는 세상이 아닌…….”

“괴개 선배와 논쟁할 이유가 없습니다. 또한 번천회(飜天會)가 하고자 하는 일을 막을 생각 역시 추호도 없습니다. 하나 도탄에 빠진 백성을 구한다는 이유로 또 다른 전화를 일으키는 데 일조할 수야 없지 않겠습니까? 그런 일을 위해 무공을 익힌 것이 아닙니다.”

“대의를 위해 흘리는 피일세. 대인을 따르는 백성들이 원하고, 그분의 의지를 존중하는 나 같은 이들이 힘을 보태는 것엔 그만한 이유가 있지 않은가. 대인께서 말씀하신 세상은 백성이 주인이 되는 세상일세……. 대인이 있으니 반드시 이룰 수가 있다네. 도와주게. 자네만이 무상(武相)의 자리에 합당하지 않겠는가.”

“불가합니다. 그것이 과거의 태평도와 무엇이 다릅니까? 그 당시의 역사가 얼마나 많은 피를 뿌렸는지 정녕 모르신단 말씀이십니까?”

“이 사람! 어찌 본 회를 태평도 따위라 비하하는가! 대인께서 말씀하신 세상은 그야말로 만백성들만을 위한 세상일세. 황족이나 관리 따위가 득세하는 것이 아닌 모두가 평화롭고 모두가 즐겁게 살 수 있는 세상 말일세! 그곳엔 부자도 없고 가난한 이도 없네. 또한 힘 있고, 힘없는 이도 없는 공평무사한 세상이란 말일세.”

"설령 그런 세상이 온다 해도 그간 죽어 가는 이들은 어쩌란 말입니까? 저는 찬성할 수도 없고 그 일에 앞장설 이유도 없습니다."

금도산은 싸늘한 음성과 함께 노인을 외면했다.

순간 노인의 눈빛에 말할 수 없는 노기가 일렁였다.

"정녕 하나만 알고 둘은 생각지 못하는 아둔함으로 가득하구먼. 내 더 이상 매달리지 않겠네. 하나 이것만은 알아 두게. 피 흘린 자들의 값이 있기에 앞으로 이 땅의 백성이 평온을 누리게 될 것임을……. 그때가 오면 자네는 앞에 나서지 않은 것을 크게 부끄러워해야 할 것이네."

"멀리 배웅치 않겠습니다. 다만 의제에게 전해 주십시오. 나를 아직도 형으로 여긴다면 적어도 내 앞에선 직접 모습을 보이라고."

금도산의 냉랭한 음성에 괴개의 눈빛이 일변했다.

"대인께서 지닌 의중을 어찌 다 알겠는가? 참으로 답답하이."

"더 이상 들을 말이 없습니다."

금도산과 괴개의 만남은 그것으로 끝이었다.

괴개가 일순간 자리를 박찼고 그는 눈으로 쫓을 수도 없을 만큼 빠른 속도로 사라져 갔다.

눈발은 더욱 거세졌고 정문에 홀로 남게 된 금도산은

한동안 그 자리에 선 채 움직일 줄을 몰랐다.

"이보게. 자네! 대체 무슨 일을 벌이려고 하는 것인가……."

연후의 아버지가 몸담고 있는 번천회를 떠올리자 근심은 쌓여 가는 눈발처럼 더없이 깊어만 갔다.

* * *

지독한 눈발을 가르며 수십 줄기의 바람이 허공을 난도질하고 있었다.

투박한 목도 한 자루가 만들어 내는 그 바람은 세상을 뒤덮을 것처럼 퍼붓는 눈발 속에서 그 위용을 뿜어내고 있었다.

목도를 쥔 이는 유가장의 장손 연후, 그리고 그의 수련을 지켜보는 이는 금도산이었다.

다른 곳은 무릎 높이만큼이나 눈이 쌓였지만 연후가 움직이는 반경 일 장의 공간은 녹아내린 눈으로 인해 질퍽하기 이를 데 없었다.

하나 그 가운데 선 연후의 움직임은 그 어떤 것에도 구애받고 있지 않은 듯 매섭고 강렬했다.

비록 목도를 들었다고 하나 그 궤적에서 이는 바람은 기이한 열기를 뿜으며 내리는 눈과 더불어 주위의 눈밭을 말끔히 녹여 내고 있었다.

일견하기에 느린 듯 보이기도 하는 목도의 궤적이었지만 그 안에선 가로막는 것은 무엇이든 베어 낼 것 같은 힘이 느껴졌다.

금도산은 도식을 펼치는 연후를 보며 몇 번이고 고개를 끄덕일 수밖에 없었다.

'도무지 그 재주의 끝을 측량할 길이 없구나. 염왕진결이 벌써 사성이라니……. 이 이해할 수 없는 속도란 것은 대관절 어찌 된 영문이란 말이냐.'

그렇게 금도산의 탄식이 이어지는 순간 연후의 목도가 기이한 움직임을 보이기 시작했다.

금도산이 눈을 부릅떴다.

도식은 분명 염왕도법의 그것인데 연후의 목도가 떨어지는 눈송이를 모조리 갈라내고 있는 것이다.

헤아릴 수 없이 쏟아져 내리는 눈발이 목도 끝에 걸려 삽시간에 녹아내리는 기이한 광경에 금도산의 표정은 점차로 더욱 흔들릴 수밖에 없었다.

지금 자신의 경지로도 저 같은 일이 가능할까 싶은 움직임이었다.

그러한 일을 고작 반년 정도 배운 도법으로 펼쳐 내고 있으니 이를 어찌 받아들여야 할지 난감하기만 했다.

그것이 천지풍파객이 남긴 기서 때문이란 것은 이미 알

고 있었다.

하지만 몇 번이나 되풀이하여 읽어 보았지만 그것이 무공으로 발현되는 이치에 대해서만은 전혀 이해할 수 없었다.

혹여 연후의 몸에 탈이 날까 염려되어 더 이상 수련을 금하기는 하였으나, 이미 몸에 배어 버렸다 하고 또 사공이나 마공에 나타나는 부작용이 없는 듯하여 더 이상 만류할 수도 없었다.

'아무리 보아도 이해할 수 없구나. 극의를 깨우친다면 중이나 쾌나 환이나 변이 모두 한 길로 모인다지만 고작 반년의 성취로 저 같은 경지라니……. 역시나 북궁세가의 핏줄이란 말인가? 자칫 제수씨에게 큰 죄를 짓는 것은 아닌지…….'

금도산의 상념이 그렇게 깊어 갈 무렵 연후가 움직임을 멈추었다.

그는 목도를 바로 세운 뒤 금도산을 바라보았다.

"그만하는 것이 좋을런지요?"

"그래. 날도 좋지 않으니 이쯤에서 멈추자꾸나."

"알겠습니다. 한데 무슨 근심이 있으십니까?"

"아니다. 근심은 무슨……."

"오후 무렵에 손님이 찾아왔다 들었습니다. 혹시 그 일 때문이십니까?"

"알고 있었더냐?"

"워낙 조용한 곳이라 객이 찾아들면 모를 리 없습니다. 혹여 부친과 관계있는 것인지요?"

입을 여는 연후의 몸 위로 김이 모락모락 피어올랐다.

금도산은 그런 연후를 한참이나 물끄러미 바라보았다.

총명한 줄은 알았지만 눈치까지 빠르니 마음은 더없이 무거워만 갔다.

한동안 말이 없던 금도산, 하지만 더 이상 모든 것을 감춰 둘 수만은 없다는 생각이었다.

"역모에 대해 너는 어찌 생각하느냐?"

너무나 느닷없는 물음에 연후는 잠시간 대답할 바를 찾지 못했다.

그러더니 이내 굳은 얼굴로 되물었다.

"영락 폐하가 건문제를 폐하고 새 하늘에 오른 것은 역모라 할 수 있습니까?"

전혀 생각지 못한 연후의 반문에 이번엔 금도산이 잠시 당황한 얼굴이었다.

하나 연후는 대답을 기다리지 않고 자신의 뜻을 전하였다.

"명조 아래서 역모는 의미가 없다 생각합니다. 성공하느냐 실패하느냐에 따라 그렇게 이름 붙는 것뿐이라 여깁니다."

연후의 말에 금도산은 꽤나 놀란 눈빛이었다.

"곧 부마가 될 녀석이 그런 마음을 먹었더냐?"

평소의 행동으로 보아 팔짝 뛰고도 남을 것이라 여겼던 연후의 대답이 너무나 의외인 것이다.

명조 아래 역모는 의미가 없다는 말, 대명의 유생이 품고 있기에는 너무나도 위험한 생각이 틀림없었다.

따지고 보면 영락제가 제위 기간 동안 스스로 정통성을 회복하기 위하여 수많은 일들을 행하였는데, 유가장 역시 그 덕에 성세를 유지한 것이나 다름없었다.

한데 그 유가장의 장손이 황실의 적통을 부정하는 말을 서슴지 않고 내뱉고 있는 상황.

그때 연후가 한술 더 뜨는 말을 내뱉었다.

"영락 폐하께서 유가장을 대대손손 황사의 가문으로 봉한 것 역시 조카를 폐하고 황제가 된 과거를 정당화시키기 위한 것일 뿐입니다. 물론 조부님께 이런 말씀을 드렸다간 불호령이 떨어지겠지만 말입니다."

금도산은 연후의 말에 새삼 그의 아비를 떠올릴 수밖에 없었다.

그 생각하는 바가 너무나도 의제를 닮아 있다는 생각, 아무리 그러해도 연후의 생각은 너무나 위험했다.

"당금 황실이 적통이 아니기에 누구라도 힘 있는 이라면 모반을 꾀하여도 좋다는 말이더냐?"

스스로 무림인이라 하나 황실의 내분이 생겨나면 세상이 어찌 변하는지 너무나 잘 알기에 금도산의 음성에는 은은한 노기가 서렸다.

하지만 연후는 표정 하나 바뀌지 않고 자신의 뜻을 다시금 피력했다.

"조부님께서 늘 이르시길 사람이 하나의 예만 알고 있어도 도리를 다한다 하셨습니다. 또한 그중 충(忠)을 으뜸으로 가르치셨습니다. 역모니 모반이니 하는 것들이 일어나면 마땅히 막아야 할 일이라 생각합니다."

"하면 조금 전엔……."

"황실 내부의 다툼이라면 어쩔 수 없다는 것입니다. 하지만 그 주체가 주씨 성이 아니라 다른 이라면 응당 막아야 하는 것이 대명 백성의 당연한 도리이지요. 붓을 쥐고 싸우든 칼을 쥐고 싸우든 그것이 합당한 일 아니겠습니까?"

연후의 막힘없는 대답에 금도산은 조금은 마음이 놓이는 기분이었다.

그러면서도 정작 가장 꺼내기 힘든 이야기를 해야만 했다.

"그 역모의 주체가 네 부친이 된다면 어쩌겠느냐?"

금도산의 물음에 연후의 눈빛이 굳어졌다.

처음 이 같은 물음을 꺼내 놓았을 때부터 어느 정도 짐작하고 있던 일이었다.

부친과 관련된 이가 유가장을 찾아왔다 간 후 나오기 시작한 역모 이야기이니 그 정도 짐작이야 어려운 것이 아니었다. 하나 쉽사리 답을 할 수는 없는 말이었다.

연후는 잠시간 말없이 금도산을 바라보기만 했는데 그 눈빛이 너무나 복잡하여 금도산 또한 답답함을 금할 길이 없었다.

그렇게 한참이나 침묵하던 연후가 마침내 생각을 정한 듯 막힘없이 입을 열었다.

"군신의 예라 하는 것은 충(忠)을 기반으로 한다 생각합니다. 하나 당금의 황상 폐하께 제가 모든 것을 바쳐야 할 이유 또한 없다 여깁니다."

"……!"

역시나 뜻하지 않은 연후의 답에 금도산의 눈빛이 파르르 떨렸다.

"제가 부마의 자리를 받아들인 것은 그것이 조부님께서 원하시는 것이며, 또한 조부께선 황실을 성심으로 보필하여 만백성이 평안함을 누리길 바라시니 저 또한 의당 그 뜻을 따르려는 것입니다. 제게 그것은 충이 아니라 효(孝)입니다."

연후의 답에 금도산의 표정이 또한 다시 변했다.

황실을 위하는 것이 충이 아닌 효라니, 생각지도 못했

던 답이었기 때문이었다.

"하면 군신의 예보다 부자의 예를 더 높이 여기겠단 말로 들리는구나."

금도산은 걱정이 앞설 수밖에 없었다.

가족을 이리 끔찍이 여긴다면 장차 연후가 부친의 편에 설 수도 있는 일이라 여겼다. 역모를 꿈꾸는 번천회에 부마가 가담한다는 것, 아무리 생각해도 참담한 결과가 예상되는 일이었다.

하나 들려온 연후의 대답은 금도산의 예상과는 사뭇 달랐다.

"외람되오나 제게 부친은 없사옵니다. 저를 낳아 주신 분은 있을지언정 저를 지금처럼 키우고 이끌어 주신 분은 오직 조부님뿐이십니다. 생면부지의 그분을 위해 조부님을 거스를 수는 없는 일 아니겠습니까?"

연후의 답이 그렇게 들려오자 금도산은 안도해야 할지 아니면 안타까워해야 할지 모르겠단 표정을 지었다.

이제껏 부모에 관한 것들을 먼저 물어오지 않은 연후를 보며 그 수양이 참으로 깊다 여겼는데 이제 와 다시 보니 마치 존재하지 않는 것처럼 여겨 왔다는 느낌을 지울 수가 없었다.

금도산의 심경은 참으로 복잡해졌다.

사람의 마땅한 도리를 안다면 연후를 크게 다그쳐야 할

일이었으나, 상황이 그럴 수만은 없으니 어찌 말을 이어가야 할지 난감한 상황이었다.

한데 다시 한 번 연후의 뜻밖의 말이 이어졌다.

"제게 무공을 가르치며 늘 어두우신 이유가 혹여 혈육이 상잔하는 일이 벌어질까 염려하시는 것인지요?"

"……."

"그렇다면 너무 근심하지 않으셨으면 합니다. 군신의 도리나 부마로서의 소임을 다하기 위해 부친께 칼을 겨눠야 할 일이 생긴다면 그 자리를 벗어나겠습니다."

너무나 간단명료한 답이었지만 만일 그러한 일이 벌어진다면 어디 말처럼 쉽게 행동할 수 있겠는가 하는 생각이 금도산의 뇌를 스쳐 갔다.

"만일 어느 한쪽을 선택하여야 한다면?"

금도산의 말에 연후는 또다시 한동안 침묵하다 입가에 옅은 미소를 지으며 입을 열었다.

"원칙을 정하면 된다 생각합니다. 제가 아는 녀석 중에 친구와는 절대 안 싸운다는 녀석이 있습니다. 어떤 일이 생겨도 안 싸웁니다. 그런 원칙을 정하는 것입니다. 지금은 잘 모르겠습니다. 하지만 그 상황이 닥친다면 마음이 움직이는 것을 따르겠습니다. 그것이 제 원칙입니다. 하나 지금 당장은 솔직히 어떤 답을 해야 할지 모르겠습니다."

연후의 답에 금도산은 나직하게 고개를 끄덕일 수밖에 없었다.

당장 그 같은 선택을 하라는 것은 무리일 수밖에 없었고, 실제로 번천회가 꾸미는 것은 역모라고 단정 지을 수도 없었다.

또한 의제 유기문과 그 자식 연후가 어떠한 형태로 재회하게 될 것인지도 알 수 없었다.

생각과 짐작만으로는 도저히 판단할 수 없는 일들, 다만 자신의 의제가 꾸미는 일에 대한 걱정을 지울 수는 없었다.

그의 말처럼 정말로 성공만 할 수 있다면 천하의 모두가 행복할 수 있는 세상이 될지도 모를 일.

아니 이미 화전민 촌락이나 자그마한 벽촌에서 의제가 벌인 일이 성공한 전례가 있으니 어쩌면 정말로 세상 전체를 바꿀지도 몰랐다.

함께 일하고 함께 거두고 함께 나누는 세상, 부자도 없고 가난도 없는 세상. 대륙 전체를 그렇게 만들겠다는 의제의 뜻, 그리고 거기에 힘을 보태는 이들의 수는 하루가 다르게 늘어 가고 있었다.

하나 그것을 위해서는 이미 가지고 있는 자들의 것을 빼앗아 나누어야만 하는 일이 선결되어야 했다.

그리고 그 과정에서 얼마나 많은 피가 흘러내릴지는 불

을 보듯 뻔한 일이었다.

앞으로 번천회가 벌일 일들을 생각하자 금도산의 눈빛이 더욱더 침중하게 가라앉을 수밖에 없었다.

'과연 이 아이가 의제의 뜻을 알면 어찌 변할 것인지 도저히 짐작할 수가 없구나.'

검륜쌍절

연이틀째 이어지는 눈발은 그칠 줄을 몰랐다.

아무리 치워도 쌓이는 눈을 감당하지 못하던 동삼은 결국 비질을 멈추고 말았다.

하나 마음은 편치 않았다.

딱히 눈이 쌓인다고 타박할 사람도 없지만 요 근래 어인 일인지 찾아오는 객이 많아진 탓이었다.

본래 유가장은 방문객들이 거의 없고 조용하기만 하던 곳이었다. 한데 청년들을 문하로 들이고부터는 꽤나 사람 사는 냄새가 풍기는 곳으로 변한 느낌이었다. 덕분에 동삼의 나들이도 잦아졌으니 꽤나 살맛 나는 일이었다.

아직 젊은 동삼에게 그 같은 변화는 무척이나 반가운

것일 수밖에 없었다.

"첫눈이 쌓이면 다음 해는 풍년이 든다지만……. 이번 눈은 정말 지독하구나."

정문 옆에 쭈그리고 앉아 하늘에 구멍이라도 뚫린 듯 쏟아지는 눈발을 하염없이 바라보던 동삼의 푸념이 그렇게 이어졌다.

그러던 어느 순간 그 눈이 이채를 발했다.

"이런 날씨에……."

멀리 매화촌 입구로부터 눈발을 뚫고 걸어오는 이를 발견한 것이다.

그렇게 혼잣말을 하던 동삼의 눈이 더욱 크게 떠졌다.

허리까지 푹푹 잠겨야 할 정도로 쌓인 눈밭을 스치듯이 걸어오는 그 모습에 눈이 튀어나올 것처럼 변한 것이다.

무공에 대해 문외한이나 다름없는 그 눈에도 그것이 신기로 보일 수밖에 없는 일이었다.

죽립을 쓴 사내는 한 걸음을 옮길 때마다 삼사 장을 미끄러지듯이 이동하였으며 순식간에 동삼의 지척까지 이르렀다.

동삼은 저도 모르게 침을 꼴딱 삼켜야만 했다.

바보가 아닌 이상 눈앞에 나타난 이가 굉장한 인물이라는 것 정도는 짐작할 수 있었다.

더구나 지독한 눈발을 뚫고 왔음에도 죽립이나 의복에

눈이 쌓인 흔적은커녕 물기에 젖은 흔적조차 없었다.
때마침 사내가 죽립을 벗자 동삼의 눈이 다시 한 번 크게 흔들렸다.
이제 사십을 조금 넘겼을 법한 중년 사내의 눈빛이 너무나 깊고 고요해, 절로 그 위엄 앞에 위축되는 기분이었다.
"안에 장주님 계신가?"
"계십니다만……. 뉘…… 뉘시라 전할까요?"
"자식을 맡겨 놓고 인사조차 드리지 못하였다네. 필부 단목중경이 유가장주께 문안을 여쭈고자 찾아왔다 전하시게."
자신이 누구인지 입을 떼자 동삼의 턱이 떨어져 나갈 듯 벌어졌다.
"단목……. 헉! 그…… 그럼…… 단목세가의……."
동삼의 음성이 벌벌 떨리자 중년인 단목중경은 가볍게 고개를 끄덕이는 것으로 확답을 대신했다.
아무리 동삼이라지만 단목세가의 가주가 어떤 신분인지 모를 정도가 아닌 것이다.
"별원으로…… 모시겠……."
"일단, 기별을 넣어 주게."
동삼은 더는 대꾸를 하지 못하고 부리나케 마당에 쌓인 눈발을 헤치며 유한승의 거처로 달려갔다.
그 잠시 뒤 단목중경의 음성이 허공을 울렸다.
"자넨, 가주를 대하고도 예를 표하지 않는가?"

그 음성에 담장 한쪽에서 시꺼먼 그림자가 불쑥 솟아올랐다.

"음자대주 암천이 가주님을 뵙습니다."

암천이 눈 쌓인 담장 한 귀퉁이에서 무릎을 꿇자 단목중경의 눈이 흡족하게 변했다.

"연락조차 뜸하여 농땡이를 부리는 줄 알았더니만 상당한 진전이 있었구먼."

"……."

"강이는 잘 있는가?"

"불러오겠습니다."

"되었네. 다 자란 자식 놈 응석이나 보자고 온 것은 아니니. 그나저나 함께 계신 분은 뉘신가?"

연이어진 단목중경의 음성에 암천의 표정이 다시금 당황한 듯 변했다.

도왕 금도산조차 기척을 이리 쉽게 발견하지 못했던 초노의 존재를 단번에 발견했기 때문이었다.

"흘흘흘흘! 거참……. 중원에 이다지도 인물이 많았던고……."

암천의 옆으로 초노의 모습이 나타나자 단목중경의 눈빛이 한 차례 파르르 떨렸다.

하나 그는 이내 평안한 신색으로 초노를 향해 예를 표했다.

"단목중경이라 합니다."

"이름은 잊은 지 오래라 그냥 초노라 부르면 될 것이네."

여느 산골의 노인처럼 평범하기 그지없는 음성이었으나 단목중경은 그를 대함에 있어 소홀함이 없었다.

"오늘 초 선배 덕에 안계가 넓어지는 느낌입니다."

단목중경의 여유 있는 음성, 하나 초노의 눈가는 전에 없이 씰룩였다.

"헐헐헐. 그런 소리 말게나. 싸우고 싶어 근질거리는 내심이 훤히 보이니 말일세."

초노의 무언가 마땅치 않다는 듯한 음성에 암천이 화들짝 놀라 끼어들었다.

"어르신, 아닙니다. 가주께서는 그런……."

"암천! 네가 끼어들 자리가 아닌 듯하구나."

때마침 이어진 단목중경의 은은한 음성에 암천은 황급히 입을 닫아야만 했다.

초노와 단목중경.

어정쩡하게 두 사람 사이에 끼어들게 된 암천은 감히 나서지도 못하고 그저 말도 못하는 긴장감을 느껴야만 했다.

다만 이 상황이 쉬 이해되지 않았다.

갑작스레 찾아온 가주와 스승이나 진배없는 초노가 왜 마주하자마자 이런 분위기를 만드는지 모르겠단 생각이었다.

'강자들끼리의 호승심인가?'

암천은 단지 그런 짐작을 할 수밖에 없었다.

그러면서도 걱정이 앞섰다.

둘이 부딪혔다간 무슨 일이 벌어질지 전혀 예측할 수 없었기 때문이었다.

옆에 선 초노의 강함이야 말할 필요가 없었다.

반년째 그에게서 무공을 배우고 있으나 아직도 그 능력의 끝을 헤아릴 수가 없었다.

반면 단목중경은 천중십좌의 일인이었다.

본신의 무위를 제대로 펼칠 상대를 만나 보지 못한 명실상부한 이 시대의 최강자 중에 한 명.

더구나 환우오천존 중 만병천왕이라 불리던 무제의 진전을 어느 만큼이나 알고 있는지 다 내보인 적이 없는 인물이었다.

초노가 입에 침이 바르도록 칭찬하는 도왕이라 할지라도 절대 단목중경을 이길 수 없다고 생각해 온 것이 암천이었다.

그런 암천의 복잡한 심경을 아는지 모르는지 단목중경의 음성이 계속되었다.

"강한 이를 대하면 배우고 익힌 바를 시험하고 싶은 것은 무인의 당연한 마음일 것입니다. 초 선배 같은 분의 가르침을 받을 수 있다면 더할 나위 없는 영광이겠습니다."

도발이라고 하기엔 그 표정이나 음성이 너무나 담담하여 겉으로는 단목중경의 내심을 전부 파악하기가 힘들었다.

하나 초노의 표정은 이내 영 시큰둥하게 변했다.

"자네 금가 녀석과 한판 하려고 온 것 아닌가? 일단 그 친구 이기고 오면 내 심각히 고려해 봄세."

초노의 답에 단목중경이 갑작스레 크게 웃음을 터트렸다.

"하하하하하하!"

눈발이 흩어질 정도로 강렬한 파장이 이는 웃음소리가 끝을 맺고 단목중경의 눈빛이 일변했다.

"과연 그런 말을 할 자격이 있는지는 먼저 봐야겠습니다."

찰나간 그의 허리춤에서 한 줄기 섬전과도 같은 빛이 쏘아져 그대로 초노를 향해 짓쳐들어왔다.

슝!

예상치 못했던 출수인지 초노는 대경한 표정으로 허리를 뒤로 젖혔다.

그 순간 날카로운 한줄기 빛이 그의 앞가슴 자락을 아슬아슬하게 스친 뒤 허공으로 치솟았다.

자칫 초노의 몸뚱이가 그대로 무언가에 꿰뚫릴 수도 있는 상황이었다.

하지만 단목중경의 공격은 거기서 끝난 것이 아니었다.

허공으로 치솟았던 한 줄기 빛이 순식간에 두 줄기로

갈라지더니 처음보다 더욱 빠른 속도로 초노를 압박해 들어온 것이다.

순간 초노의 눈빛이 매섭게 일변했다.

"신륜(神輪)!"

나직하지만 차가운 음성이 울린 그 순간 초노의 신형이 거짓말처럼 지면으로 사라졌다.

때마침 두 줄기 빛이 조금 전까지 초노가 있던 허공을 갈랐다. 그곳으로 단목중경의 신형이 솟아나듯 나타났다.

순식간에 담장 위까지 이른 단목중경은 다시금 하나로 합쳐진 륜을 낚아챈 뒤 전에 없이 매서운 눈길로 암천을 쏘아보았다.

전혀 뜻하지 않게 초노를 공격하고 바로 옆으로 이동해 온 단목중경의 무시무시한 안광, 암천은 감히 입을 열기가 힘든 처지였다.

그렇게 매서운 눈길로 암천을 위아래로 훑은 단목중경의 음성이 다시 한 번 흘러나왔다.

"다행히 제압당한 것은 아닌가 보구나. 대체 어찌 된 일이냐?"

단목중경의 물음을 듣고서야 암천은 그가 왜 초노를 공격했는지 이해할 수 있었다.

단목중경은 자신이 제압당하여 제대로 말을 못하는 상황에 놓인 것이라 판단한 것이다.

또한 그 때문에 이렇게 신륜까지 날리며 안전한 거리를 확보한 것임을 알 수 있었다.

"가주님! 초 어르신은 적이 아니옵니다."

괜한 오해로 일이 커질 수 있기에 암천은 황급히 입을 열었다.

단목중경은 가만히 암천의 눈빛을 바라보다 의아한 듯 고개를 갸웃거렸다.

"저만한 이와 함께 있으면서도 보고조차 취하지 않았다니…… 암천, 네가 정녕 음자대를 이끄는 대주란 말이더냐?"

"……."

"상식이 있다면 생각해 보거라. 너 같으면 제 수하가 저런 고수 옆에 붙어 말조차 제대로 못한다면 무슨 생각을 할지!"

연이어진 단목중경의 은근한 꾸중에 암천은 차마 대꾸조차 하지 못하고 입을 닫아야만 했다.

그러면서도 새삼 가주 단목중경에게 놀랄 수밖에 없었다.

초노를 만난 그 잠시의 순간 동안 내린 판단이었다. 옳고 그름을 떠나 너무나 신속한 행동과 결단이었다.

그것이 단목세가라는 거대한 집단을 이끌 수 있는 그의 능력이란 생각이 들지 않을 수 없었다.

그렇게 두 사람의 대화가 이어지는 때 초노의 혀를 차

는 음성이 들려왔다.

"헐헐헐헐! 호랑이인 줄 알았더니 하는 짓은 여우로세. 제 식솔도 그렇게 못 믿어서야 원……."

어딘지 전혀 예측할 수 없는 공간에서 들려오는 초노의 음성, 하나 단목중경의 표정은 일말의 흐트러짐도 없었다.

"거느린 이들이 많아 잠시의 방심도 허용할 수 없는 몸입니다. 과했다면 이해해 주시기를……."

단목중경의 은은한 음성, 하나 들려온 초노의 대답은 여전히 싸늘하기만 했다.

"흘흘! 내 오늘은 초면이니 참아 주겠네. 할 말이 많을 듯하니 나는 이만 가네. 구구한 사연이야 저 암천이란 놈에게 듣게."

모습조차 보이지 않고 음성만이 눈발 속을 울리는 초노, 그 순간 단목중경의 눈빛이 다시금 일변했다.

"때론 직접 겪어야만 확인되는 것이 있지요. 선배 같은 분을 제 수하가 어찌 전부 재어 볼 수 있겠습니까? 이 단목중경 조금 더 무례를 범해야만 하겠습니다."

차갑게 이어진 단목중경의 음성과 함께 그의 손에 들려 있던 륜이 다시금 치솟았다.

슝슝슝슝!

하나였던 륜이 순식간에 네 자루로 나뉘며 사방으로 비산하는 모습은 눈으로 쫓기도 어려울 정도였다.

그렇게 흩어졌던 륜이 담장 옆 노송 한 그루를 향해 섬전처럼 날아든 것도 바로 그 순간이었다.

"허걱!"

암천이 네 자루 륜의 궤적을 바라보다 비명과도 같은 신음을 토해 냈다.

순간 그저 고요하게 눈이 쌓여 가던 노송의 가지들이 살아 있는 듯 륜을 향해 맹렬한 속도로 뻗어 나갔기 때문이었다.

카카카캉!

나뭇가지들과 네 자루 륜이 부딪힌 곳에서 날카로운 기음이 터져 나왔고, 그 순간 암천의 눈빛은 다시 한 번 크게 흔들릴 수밖에 없었다.

'저것이 을목진기와 경금진기! 대단하구나. 세가 제일의 신병이라는 신륜마저 막아 내다니.'

가주 단목중경의 신륜은 그야말로 절세의 신병이라 불리는 물건이었다.

어지간한 도검조차 두부 썰 듯 베어 내는 것인 신륜인데 한낱 나뭇가지를 베지 못하고 튕겨졌으니 놀라는 것은 너무나 당연한 일이었다.

또한 이제껏 무심하던 단목중경의 눈빛에서도 역시 섬뜩한 기광이 터질 수밖에 없었다.

"오행진기!"

그 음성과 더불어 삽시간에 단목중경의 전신에서는 형용할 수 없는 빛 무리가 어리기 시작했다.

우우웅!

마치 투명한 막처럼 솟아난 빛 무리가 단목중경의 전신을 휘감기 시작한 것이다.

쏟아지던 눈발이 그 기이한 막에 튕겨지며 흔적도 없이 소멸하는 상황, 단목중경에게선 감히 항거할 수 없을 만큼의 기세가 넘쳐 나기 시작했다.

그러자 이번엔 노송의 껍질을 뚫고 모습을 드러낸 초노의 눈빛이 떨렸다.

"천신폭풍보란 말인가!"

초노의 음성은 눈빛만큼이나 딱딱하게 굳어 있었다.

그러다 이내 전과 다른 음성을 내뱉었다.

"자칫 가진 미천 다 털어야 할 상황이겠구먼. 자네 이쯤에서 그만할 생각은 없는가?"

하나 그만하자는 말과는 달리 이제껏 단 한 번도 드러나지 않았던 기이한 살기가 초노의 눈빛에서 걷잡을 수 없이 커져 갔다.

암천조차도 처음 겪는 너무나도 무시무시한 기운이었다.

마침 무형의 거미줄에 온몸이 꽁꽁 묶인 기분이었다.

더군다나 단목중경과 초노의 기세가 격돌하자 암천은 숨을 쉬는 것조차 힘든 지경이었다.

쏟아지던 눈보라마저 그 기세의 충동을 견디지 못하고 사방팔방으로 흩어졌으며 그 긴장감과 압박감에 암천은 침만 꼴딱꼴딱 삼킬 수밖에 없었다.

톡 건드리기만 하면 거대한 폭발이라도 일어날 것 같은 침묵이 쌓여 가는 눈발만큼이나 커져 가던 순간, 전혀 뜻하지 않은 음성이 두 사람의 대치 사이를 뚫고 이어졌다.

"어라! 초노! 남들한테 막 모습 보이고 그러면 안 되는 거 아니야?"

팽팽한 긴장감을 일거에 허물어트린 음성의 주인은 마당 한편으로 슬금슬금 눈발을 헤치며 나타난 청년 혁무린이었다.

그런 무린의 뒤편으로 유가장의 청년들이 모습을 드러냈다.

"아버님!"

너무나 예기치 못한 곳에서 부친을 보게 된 단목강은 두 눈이 화등잔만큼 커졌다.

그리고 그 옆에 선 연후나 사다인 역시 낯선 두 사람이 만들어 내는 기이한 기세의 격돌에 꽤나 당황한 눈을 할 수밖에 없었다.

초노와 단목중경의 대치는 그 청년들의 등장과 함께 끝이 날 수밖에 없었다.

싸울 상황이 아님을 단목중경이나 초노 모두 잘 알고

있었다.

그때 단목중경의 눈빛이 다시 한 번 크게 흔들릴 수밖에 없는 일이 벌어졌다.

청년들이 나타난 뒤편으로 천천히 걸음을 옮겨 오는 장한과 눈이 마주친 것이다.

헐렁한 외팔에 칠 척에 이르는 거구, 등에 맨 대도의 도병이 어깨와 머리 사이로 솟아난 모습의 사내였다.

'용담호혈이란 이곳을 두고 이른 말이로구나.'

단목중경의 눈빛은 금도산과 마주친 채 움직일 줄을 몰랐고 도왕 금도산 역시 그 순간 걸음을 멈출 수밖에 없었다.

'천중십좌가 전부 허명은 아니란 것인가.'

난마(亂麻)

자금성 건천궁의 깊숙한 내실 한편에서 은밀한 회동이 이루어지고 있었다.

침상에 비스듬히 기대앉은 늙은 환관 앞으로 무릎을 꿇고 앉은 중년 사내의 눈빛이 예사롭지 않았다.

은은하게 뿜어져 나오는 안광을 지운 사내는 늙은 환관 앞에 오체투지하며 입을 열었다.

"미천한 백성을 불러 주신 것을 충심으로 감사드리옵니다."

중년 사내는 부복하며 극상의 예로 환관 태공공을 대하였고, 그런 사내를 보는 늙은 환관의 눈초리엔 묘한 웃음이 걸려 있었다.

"호호호홀! 만나서 반갑도다. 일전에 보내 준 칠채보원주 덕에 원기가 하루가 다르게 충만하여지니 본공이 어찌 그대의 청을 외면하겠는가. 내 오늘이라도 회춘의 보물을 진상한 것에 대해 마땅히 상을 내릴 것이다."

"상이라니요! 황공하기 그지없습니다. 공공께서 평안하여야 대명천하가 밝아지는 것이 당연한 일 아니옵니다. 보물은 그 주인을 잘 만나야 가치가 있는 법이라 생각하옵니다."

중년 사내의 입바른 대답에 태공공의 붉은 입술엔 연신 웃음이 걸렸다.

"크호호호홋! 네놈도 그 입심이 상당하구나. 그나저나 무엇 때문에 나를 보자 그토록 청을 넣었는고? 천하상단의 지단주 정도면 부족한 것이 없는 줄로 아는데?"

"어찌 감히 공공을 배알코자 하는 데 사심이 있겠습니까? 또한 소인이 맡은 귀주 상단은 지단 중에서도 겨우 말석에 이름을 올릴 정도이니 소인에게 무슨 힘이 있겠사옵니까?"

중년 사내의 연이어진 말에 환관의 얼굴이 살짝 굳어졌다.

하나 그 입술에는 여전히 남자의 것인지 여자의 것인지 구분하기 힘든 기괴한 웃음소리가 흘러나왔다.

"호호호홋! 입에 기름칠을 한 것 같은 놈이로구나. 본공은 솔직한 사람을 좋아한다. 장사치가 공짜로 보물을 건넸다는 말을 믿을 정도로 본공이 아둔해 보이더냐?"

어느새 태도가 돌변해 기묘한 기운을 뿜어내는 태공공의 말에 중년 사내가 화들짝 놀라 바닥으로 이마를 찧었다.

쿵!

"감히 불경한 생각을 품었사옵니다. 이처럼 공공께서 하늘 같은 혜안으로 이 천민의 마음을 꿰뚫어 보시니 간곡한 청을 올리겠나이다."

중년인의 절절한 음성에 환관의 붉은 입술이 비릿하게 말려 올라갔다.

"호호홀홀! 이제야 말이 통하는구나. 음흉한 것들은 음흉한 값을 하는 법, 본공은 사심일지라도 감추는 놈보다 내보이는 놈을 어여삐 보느니라."

연이어진 환관의 음성에 중년인은 머리를 박은 채 조심스러운 음성을 꺼내었다.

"본 상단과 시중부의 거래를 트고 싶사옵니다."

중년인의 말에 환관의 눈이 가로로 길게 찢어졌다.

전혀 예상치 못했던 말인지라 그 진의를 파악하기 위해서였다.

시중부는 황족을 수발하는 이들을 뭉뚱그려 한데 합한 부서를 이름이었다.

황궁 내에 있어서 실상 관리라고 부를 수도 없는 이들이 모인 곳이 바로 시중부.

그 안에는 거세를 받지 않은 남자 시종이나 음식을 담당하는 숙수, 황족의 태의(어의) 같은 이들이 적을 두고 있는 것이다.

당연히 대내의 살림을 도맡는 시중부의 규모는 일반 백성들의 상상을 불허할 만큼 어마어마한 것이다.

대륙 각지에서 진상되는 진귀한 물건, 그중 수라상에 놓이는 특산물이나 태의들이 사용하는 약재 같은 것들도 모두 이 시중부에서 관리하고 취급하고 있었다.

당연히 대륙의 상단들과도 밀접한 관계가 있을 수밖에 없는 곳이 바로 시중부였다.

"천하상단이라면 이미 시중부와 꽤나 많은 거래를 하고 있는 것으로 아는데?"

늙은 환관의 눈빛과 음성이 차갑게 변했다.

칠채보원주 같은 희대의 보물을 고작 시중부 따위와 거래를 트자고 건넸다는 것은 말이 되지 않았다.

더구나 이미 거래를 트고 있는 천하상단의 지단주 중 한 명이 꺼내 놓은 말이기에 다른 뜻이 있음을 짐작하고 있는 것은 어렵지 않은 일이이다.

중년인이 고개를 살짝 쳐들며 다시 입을 열었다.

"이 미천한 백성이 감히 공공의 심기를 어지럽혔나이

다. 달리 말씀드리겠사옵니다. 저희 지단에서 따로 시중부 산하 보의당에 있는 약재들 중 일부를 구매하고자 하옵니다."

"보의당이라면…… 특품으로 분류된 약재들?"

"그러하옵니다."

중년인은 대답하며 다시금 머리를 바닥으로 숙였고 태공공의 눈빛은 더욱 가늘어졌다.

일반 환관으로 시작해 근 백여 년 동안 황실 생활을 해온 태공공이 보의당을 모를 리 없었다.

각지에서 진상되는 것들 중 귀하다고 분류된 물품들만 따로 모아 두는 곳의 바로 보의당이었다.

비단 약재나 특산물뿐 아니라 유명한 그림과 글씨, 진귀한 책자, 주변국의 진상품이나 뛰어난 장인의 물건 같은 것들도 이 보의당이 취급하는 물품들이었다.

그중 특품 이상이라 하여 신품으로 분류되는 것들은 황궁보고에 따로 안치되는데 역시나 보의당이 이 같은 일을 선별했다.

"흐흠! 보의당의 무엇이 필요해서 그런 것인고?"

태공공의 음성은 곱지 못했다.

이해할 수 없는 거래였기 때문이었다.

천하상단의 힘이라면 굳이 보의당을 통하지 않고도 구하지 못할 물건들이 없을 터인데, 굳이 보물까지 바쳐 가며 황궁에 줄을 대려 하는 의도가 미심쩍기 그지없었다.

"다른 것은 아니옵고 그저 쓰고 남은 약재들을 소인이 넘겨받았으면 하는 것입니다."

"약재?"

"그러하옵니다. 제 개인적으로 구하고 있으나 워낙 많은 양의 약재가 필요한지라 표가 나지 않게 구할 방도가 없사옵니다. 하여 이렇게 공공을 찾았나이다."

"개인적 용도라……."

백 년을 넘게 살아온 태공공의 눈치가 범인과 같을 리 없었다.

비밀리에 약재를 구하는 일, 뭔가 심상치 않은 냄새가 남은 당연한 일이었다.

때마침 중년인은 머뭇거리다 더욱 목소리를 낮췄다.

"무림인들이 사용코자 하는 영단을 만들고자 하옵니다. 내상을 치유하고 내력을 증진시키는 환약이온데, 지금은 시험단계인지라 더욱이 다양한 약재가 필요한 시기이옵니다."

"사실이더냐? 그런 정도의 일이라면 네놈 상단을 통하면 충분한 일이 아니더냐?"

"본단에 알리지 못하는 이유는 다른 지단주들의 견제 때문이옵니다. 영단의 제조술이 완벽해지기 전까지는 드러내 놓을 수가 없사옵니다. 성공한다면 단숨에 귀주 상단이 다른 상단을 앞설 수 있으며 당연히 공공께도 진상될 것이옵니다."

중년인이 다시 한 번 머리를 조아리며 입을 열었으나 태공공의 눈빛은 여전히 찢어진 채 풀리지 않았다.

"네놈 성이 갈에다 이름이 목종이라 했지?"

뜻하지 않은 물음에 중년인이 황망한 표정으로 답하였다.

"망극하옵니다. 미천한 백성의 이름을 다 기억하여 주신다니 삼생의 영광이옵니다."

몇 번이고 머리를 조아리는 중년인 갈목종의 태도에 태공공의 눈빛도 그제야 기묘한 웃음이 걸렸다.

"그러니까 결국은 천하상단을 먹어 치우겠다는 의도로구나."

"공공의 혜안을 어찌 벗어나겠습니까? 부디 선처하여 주시옵소서."

"호호호홀호홀! 그래, 그렇게 솔직히 나오니 좋지 않으냐? 천하상단을 통째로 먹는다 하였더냐? 크흐흐흐흘."

"……."

"본공은 내 사람을 어여삐 여긴다. 네놈이 내 사람이 될지 안 될지는 차후 그 영단이란 것을 보고 판단하도록 할 것이다. 다만 기회를 줄 터이니 웅지를 펴 보거라."

"망극! 또 망극하옵니다."

그 말을 끝으로 중년인 갈목종은 대례를 취한 뒤 태공공의 거처를 뒷걸음질 치며 나올 수 있었다.

그 뒤에도 침상에 걸쳐 한동안 기묘한 웃음을 흘리고 있던 태공공이 나직한 음성을 내뱉었다.

"음사! 저놈, 믿어도 될 것 같으냐?"

"진실한 의도를 감춘 자이옵니다. 이용하되 곁에 두지 않는 것이 좋을 듯합니다."

"흘흘흘. 저놈 출신이 무림 문파라 했지?"

"그러하옵니다. 흑천회에 멸문당한 운남 천독문주의 후예로 신분을 철저히 위장하고 있사옵니다. 천하상단 내에서도 놈의 정체를 아는 이는 없는 것으로 알고 있습니다. 또한 칠패 중 독마로 의심되는 이가 바로 저자이온데 아직 확증이라 할 만한 것은 없사옵니다."

"저놈 대체 뭘 하자는 것으로 보이느냐?"

"찜찜하시다면 제거하겠습니다."

"되었다. 일단은 놈의 장단에 좀 놀아 주거라. 어차피 단목세가나 천하상단도 살생부에 올라 있는 녀석들, 이참에 수족으로 부릴 수 있는 녀석이 집어삼킨다면 나쁠 것도 없으니……."

"공공의 심계가 감히 측량하기 어렵사옵니다."

"크흐흘흘흘. 네놈도 요 근자에 입바른 소릴 너무 자주 해! 그보다 유가장의 일은 잘 진행되고 있겠지?"

"원단이 오면 개미 새끼 하나 살아남을 수 없을 것이옵니다."

"그래야지. 암……. 그래야지. 이 하늘 아래 본공의 심기를 어지럽히는 것들은 모조리 사라져야 해! 크흐흐흐흐흐흘."

한편 자금성을 나온 중년인 갈목종은 성문 밖에 대기하던 마차에 오른 뒤 그 표정이 성내에 있을 때와는 너무도 달리 변했다.

이미 마차 안에 자리하고 있던 죽립 노인이 그런 갈목종을 보며 입을 열었다.

"일은 차질 없이 되었나?"

죽립 속에 드러난 노인의 정체는 며칠 전에 유가장을 찾아가 금도산을 만났던 괴개였다.

괴개의 물음에 갈목종이 나직하게 답하였다.

"호락호락하지는 않더이다. 자금성의 정보력이 대인의 예상을 웃도는 듯합니다."

"대인께서 이르시길 늙은 고자 녀석이야말로 가장 위험하고 조심해야 할 자라 하시더군. 하면 약재의 구입은 물 건너간 것인가?"

"아닙니다. 일단 거래는 텄으나 제 정체를 알고 있는 듯하였습니다. 또한 알려진 것보다 태공공의 무위가 그 경지를 짐작하기 힘들 정도였습니다."

"자네 눈에도 감당키 힘들 정도였단 말인가?"

"출수조차 어려워 보였습니다. 외람되오나 선배님 또한 상대하기 힘든 적으로 보였습니다. 최소한 도왕이나 귀마 어르신과 견줄 정도였습니다."

"그…… 그 정도란 말인가? 중살을 부린다 하여 짐작은 하였지만…… 자네 말을 들으니 확실히 대인께서 천려일실을 우려함을 이해하겠구먼. 하니 이 계획이 반드시 잘 되어야 하네."

"대인의 의중이 빗나간 적이 없으니 이번에도 성공할 것입니다. 단목세가와 환관 놈의 세력을 상잔시킬 수 있다면 관과 무림 모두에 본 회의 입지가 더욱 공고해질 것입니다."

"그리 되어야지. 암. 그리 되어야 하고말고."

"그나저나 도왕 쪽은 어찌 되었습니까?"

"일단 회의 복귀는 거절하고 있어."

"자칫 본 회의 노출이라도 생기면 어쩌려고……."

"어쩌겠는가. 대인께서 도왕을 끔찍이 여기시는데…… 하여 돌아올 구실을 만들라 하시더군."

"구실이라면……."

"화산에 슬쩍 정보를 흘렸다네. 도왕의 출도를 알렸으니 곧 화산이 움직일 걸세."

“하하하하! 그런 묘수가 있었군요. 하지만 도왕의 무위라면 화산 전체가 움직여야 할 터인데…… 또한 그곳에 단목세가의 소가주가 있습니다. 괜히 단목세가가 중간에 끼어든다면 계획에 차질이 생길 수도…….”

“화산이 막히면 구정회가 움직이겠지. 단목세가의 감춰진 힘이나 진실한 도왕의 무위가 드러나면 결국 구정회도 똥줄이 탈 터이니. 어차피 어찌 되었든 양쪽이 큰 피해를 입게 될 것이네. 도왕도 결국 쫓기다 회로 돌아올 수밖에 없을 터이고. 뭐가 되었든 본 회에는 나쁜 결과가 아닐 것이라 하셨네.”

“과연 대인의 심계는 측량할 길이 없사옵니다.”

“자네도 준비에 소홀함이 없어야 할 것이야. 자네야말로 이 모든 계획이 핵심! 만공독황의 비전이야말로 대계를 위해 반드시 완성되어야 할 일이니…….”

“심려 마십시오. 대인께서 풀어 주신 제조 비술이 틀릴 리가 있겠습니까? 이십 년이나 귀주 상단에 붙어서 준비한 일입니다. 이제 모자란 것마저 얻게 되었으니 곧 결실이 맺어질 것입니다. 망균이 완성되면 천독문과 개방의 백년지한 또한 풀 수 있을 것입니다.”

“이제 한 따위는 잊었네. 그저 대인께서 말씀하신 세상을 만들 수 있다면 그것으로 족하지. 거기에 구정회나 오수련 녀석들이 비통해하는 모습을 볼 수 있다면 그것도 좋고!"

*　*　*

첫눈치고 과하게 내렸다 아니 할 수 없을 정도로 지독하던 눈발이 저녁 무렵에야 잦아들었다.

단목세가의 가주 단목중경의 방문으로 잠시 소란스러웠던 유가장의 안팎도 날이 저물며 평소와 다름없이 조용하게 변했다.

단목중경은 자식의 스승인 유한승을 찾아 예를 표한 뒤 몇 가지 소소한 이야기를 나누고 그 거처를 빠져나왔다.

그 뒤 금도산이 기다리고 있는 별원으로 향했다.

금도산은 무릎 높이까지 쌓여 있는 눈발 속에서 단목중경을 기다렸고 두 사람은 잠시간 서로의 눈빛을 응시했다.

칠 척 거구에 투박한 무복을 입은 외팔 사내 금도산과 중후한 인상에 관옥 같은 용모의 중년인 단목중경은 그 외모부터 판이하게 차이가 났다.

이미 정문에서 한 차례 마주한 적이 있는 두 사람이었으나 보는 이가 많아 서로 말없이 지나친 뒤 이렇게 약속이나 한 듯 마주하게 된 것이다.

특별히 기세를 발산하는 것도 아닌데 두 사람 사이로 무언가 알 수 없는 기운들이 얽히는 느낌이었다.

그런 대치 속에서 먼저 입을 연 것은 단목중경이었다.

"단목중경이라 하외다."

"금도산이오."

더 이상의 소개는 필요 없다는 듯 짧은 말로 인사를 대신하는 두 사람의 대치는 누군가 툭 건드리기만 하면 크게 폭발할 것처럼 더없이 고조되었다.

한데 분위기를 일거에 날려 버리며 단목중경이 중후한 인상에 더없이 어울리는 음성을 내뱉었다.

"맡기신 물건이 귀한 듯하여 친히 가져왔소이다. 검병을 단 철방의 장인과 북경의 지단주, 그리고 이 단목중경 외에는 아무도 알지 못하는 일이외다."

나직한 음성과 함께 단목중경이 소맷자락 안에서 꺼내든 것은 일전에 북경에서 금도산이 맡긴 연검이었다.

금도산이 고개를 끄덕이며 손을 내밀어 단목중경에게서 연검을 건네받았다.

요대처럼 허리춤에 차기 좋은 모양으로 납작하고 얇게 만들어진 검병은 척 보기에도 예사롭지 않은 장인의 솜씨가 느껴졌다.

"신세를 졌소이다."

흡족한 눈길을 다 지우지 못한 금도산의 답에 단목중경이 역시나 웃으며 답했다.

"물건이 물건인지라 북경의 이숙께서도 심히 고민하다

내게 입을 떼었소이다. 나 한 사람 더 알게 되었다고 너무 그분을 타박하지 않았으면 싶소이다."

"내보이지 않았으면 모르되 이미 건넸다면 그 책임은 내 안목 탓이지 않겠소? 그것이 내가 생각하는 신의라는 것이오."

"하하하하! 오늘 금 대협께 좋은 배움을 얻었소이다. 혹여 세가나 상단 밖으로 검제지보에 대한 소문이 흘러 나갈까 가슴 졸인 이 단목중경이 참으로 속 좁게 느껴지외다."

"신의를 지키기 위해 직접 움직여 주었으니 그 또한 감사드릴 일이외다. 버거운 물건이고 흔쾌히 주고받기에는 사연이 적지 않은 물건이니 거듭 단목 가주께 감사드리오."

"북궁세가의 물건이 어찌 금 대협께 있는 것인지 궁금한 것은 사실이오나 궁금함은 그저 궁금함으로 남기겠소이다. 다만 내 오늘 금 대협의 귀한 시간을 뺏은 이유만은 기탄없이 나누어야 할 것 같소이다."

"……."

금도산은 말없이 단목중경을 응시했고, 단목중경은 잠시간 더욱 깊어진 눈길로 시선을 허공으로 옮겼다.

"참으로 속절없이 쏟아지외다."

그제야 금도산은 자신이 큰 결례를 범했다는 것을 깨달

았다.

"안으로 드시지요."

"하하하하! 이제야 손님으로 맞아 주시는 것이오?"

허물없이 흘러나오는 단목중경의 웃음, 금도산은 그런 단목중경을 안내하여 자신의 처소에 들어섰다.

다탁을 마주한 채 자리를 잡은 두 사람의 대화는 자못 심각하게 이어졌다.

"……중살이 금 대협께서 칭하신 봉공이라는 이들과 동일인이라면, 역시 구정회와 관련이 깊다 할 수 있겠습니다."

"아마도!"

"본가에서도 오래전부터 그들을 추적해 왔으나 좀처럼 꼬리를 잡을 수가 없었소. 한데 그 과정에서 금 대협과 그 패악한 무리들의 원이 깊다는 것을 알게 되었소이다. 본가 또한 그들과 적잖은 원한이 있소이다."

"놈들의 마수가 귀 가문에도 뻗쳤단 말씀이오?"

"멸문지화를 당한 손 장군가의 안주인이 제 하나뿐인 누이였소. 이 단목중경 누이의 시신 앞에 맹세했소이다. 반드시 원흉을 단죄할 것이라고. 그것이 벌써 십 년이 다 되어 가는구려."

단목중경의 눈가에 한순간 차가운 안광이 맺혔다.

금도산 또한 나직이 고개를 끄덕이며 그 분노에 동조할 수밖에 없었다.

오랜 세월 동안 그들이 벌인 패악이 어찌 대장군가 한 곳뿐이겠는가.

암중에 숨어 활동하는 이들이 바로 칠패 중 중살이라 부르는 종자들. 하나 그 종적이 너무도 은밀해 도저히 실체를 파악할 수가 없었다.

아니 과거엔 그 한 명을 감당하기에도 버거워 죽음 직전에 이른 적이 있으니 찾아 나설 엄두조차 낼 수 없었다.

하지만 이젠 달라졌다.

연후의 성혼이 끝나면 놈들을 찾을 것이고 어찌하면 그들을 불러낼 수 있는지 잘 알고 있었다.

놈들의 뿌리가 전부 구대문파에 있는지 아닌지는 확실치 않았지만, 적어도 화산 어딘가에 자신을 죽음 직전까지 몰아갔던 괴인이 머물고 있다는 것만은 틀림없었다.

그러자면 먼저 화산과의 해묵은 은원을 해결해야만 할 일, 하나 일은 거기서 끝난 것이 아니었다.

과거의 자신이라면 그것으로 모든 일을 종결지어야 할 테지만 이젠 하나의 은원이 더 남아 있었다.

바로 연후의 모친인 검한 북궁연의 은원을 갚아 주어야 한다는 것이었다.

그녀 또한 그들 봉공들과 철천지한을 남긴 채 눈을 감

았고 그 일 역시 의당 자신의 일이라는 것이 금도산의 생각이었다.

그런 것들을 생각할 때 앞으로의 행보가 결코 순탄치만은 않을 것임이 틀림없었다.

이런 때에 단목중경이 몸소 찾아와 힘을 보태고자 하니 거절할 이유가 없었다.

봉공이라는 이들, 지금 자신의 무위로도 감히 경시할 수가 없을 만큼 강한 존재들이었다.

스스로 과거와는 비교할 수 없을 정도로 강해졌다 자신하나 그들의 무위가 자신만큼의 진전이 없었다고 어찌 장담하겠는가.

더구나 북궁연에게 들은 숫자는 무려 아홉이었다. 구대봉공이라 칭하여진다는 그들 무리, 결코 경시할 수 없는 이들이 틀림없었다.

그것을 눈앞의 사내 단목중경도 잘 알고 있는 듯 보였다.

"놈들은 정녕 이 땅에 존재치 말아야 할 존재들이오. 단목 가주께서 오지 않으셨다 해도 어차피 이 금도산은 칼을 들 수 있을 때까지 놈들의 수급을 베기 위해 살아갔을 것이오."

"금 대협! 그 일에 이 단목중경과 세가의 힘을 합치고 싶소이다. 도불쌍성 어르신 또한 나를 믿고 언제든지 힘을 보태 주신다 하셨소."

뜻하지 않은 단목중경의 말에 금도산의 눈빛이 크게 흔들렸다.

당금 강호의 최고수라 불리는 이들이 바로 도성(道聖)과 불성(佛聖)이었다.

그들의 힘이 보태어지고 단목세가의 힘이 함께한다면 충분히 구대봉공이라는 패악한 종자들과 자웅을 겨룰 만하다는 생각이었다.

"하면 앞으로 어떤 계획이 있기에 나를 찾은 것이오?"

금도산의 물음이 이어지자 단목중경의 표정이 더욱 굳어졌다.

"찾을 수 없다면 놈들을 끄집어내야지요. 또한 그것이 금 대협을 찾은 이유이옵니다."

"하면……?"

"짐작하시는 대로입니다. 과거부터 이어 온 금 대협과 화산과의 악연, 다시금 놈들이 움직이겠지요. 만일 그 일을 행하신다면 먼저 본가에 귀띔해 주셨으면 하외다."

단목중경의 말에 금도산의 표정이 살짝 굳어졌다.

그 역시 봉공이라는 이들이 어찌해야 움직이는지 어느 정도 짐작하고 있는 것처럼 보였기 때문이었다.

금도산으로선 거절할 이유가 전혀 없었다.

화산파와의 해묵은 원한은 이제 큰 의미조차 없었다.

아비 만력부의 목숨 값이라면 차고 넘치도록 받았다고 할 수 있으니 말이다.

오히려 봉공이라 불리는 이들을 향한 분노가 더욱 깊게 자리하고 있는 상황이었다.

금도산이 결심했다는 듯 입을 열었다.

"하면 망설일 필요가 없겠구려. 내일이라도 당장 화산을 찾으리라."

당장이라도 자리를 박차고 일어날 것 같은 금도산의 태도에 오히려 단목중경이 당황한 얼굴이었다.

"이리 서두를 일은 아닌 듯한데……."

"아니, 이곳에 너무 오래 머물렀단 생각이오. 내가 오래 머무르면 머무를수록 자칫 유가장의 식솔들이 강호와 얽힐 수도 있는 일이 아니겠소."

금도산은 이미 결심을 굳힌 듯 보였다.

하나 단목중경은 오히려 그런 금도산을 만류하는 처지가 되었다.

"며칠 있으면 원단인데 그날까지는 머무르는 것이 어떻소?"

중추절과 함께 대륙 최대의 명절인 원단이 코앞으로 다가와 있는 상황, 단목중경 나름의 배려가 담긴 음성이었다.

앞으로 일이 어찌 될지 예상할 수 없으니 다시 이곳을 찾는 데 얼마나 시간이 걸릴지 모르는 일 아니겠는가.

하나 금도산은 잠시의 망설임도 없었다.

“무인이 나태해지면 칼끝이 무뎌지는 법이 아니겠소. 그동안 때 아닌 편안함을 누렸으니 하루빨리 길을 나서는 것이 옳을 것이오.”

금도산이 그렇게까지 나오자 단목중경도 더 이상 만류할 수는 없었다.

“하면 금 대협의 무운을 빌겠소이다. 나 또한 준비할 것 있으니 화산에서 다시 보겠소이다.”

그렇게 단목중경과 금도산의 만남은 끝이 났다.

드디어 해묵은 은원에 종지부를 찍겠다는 결심을 한 금도산, 하나 지금의 결정이 어떠한 결과를 낳게 될지 그 역시 전혀 예상치 못하고 있었다.

눈발은 더욱더 거세어져 마치 세상 전체를 덮어 버릴 것처럼 끝없이 내리고 또 내리는 날이었다.

북궁세가의 검

나흘째 쉼 없이 내리던 눈발이 잦아진 아침, 세상은 온통 새하얗게 변해 있었다.

시리도록 푸른 하늘 아래 떠오른 태양은 밝은 햇살을 뿌렸고, 그 햇살을 받은 눈발에서는 작고 영롱한 빛무리가 반사되어 더더욱 아름다운 풍광을 만들어 내고 있었다.

눈이 쌓인 매화촌의 풍경은 겨울 아침의 고요함과 더불어 한 폭의 수묵화와도 같은 아름다움을 뽐내고 있었는데 유독 그 안에서 투덜거리는 사내가 있었다.

"아이고! 이 눈을 다 언제 치운단 말이냐!"

주둥이가 한 움큼이나 튀어나온 동삼이 비질을 하며 연신 불평을 토해 내고 있는 것이다.

며칠 내내 쉼 없이 비질을 했건만 하루아침에 다시 무릎 언저리까지 쌓여 버린 눈발을 보자 절로 입이 튀어나올 수밖에 없는 상황이었다.

땀까지 삐질거리며 장원 내부에 쌓인 눈을 치운 동삼은 마침내 정문 앞에 이르러 결국 털썩하고 주저앉아 버렸다.

장원 안쪽이야 그렇다고 쳐도 문밖으로 쌓인 눈의 높이가 허리를 넘을 정도였기 때문이었다.

치울 엄두조차 나지 않는 눈의 양, 정말로 세상 전부가 눈 속에 파묻혀 버린 것만 같았다.

동삼이 그렇게 멍하니 주저앉아 있을 때 장원 안쪽에서 두런거리는 음성들이 들려왔다.

"조부님께서도 만류하시는데, 어찌 이리 급하게 가시옵니까?"

"회자정리라 하지 않았느냐. 왔으면 가야 하는 것이 당연할진대 무엇이 그리 아쉽더냐?"

"며칠만 있으면 원단이 아니옵니까? 백부님께서 저나 조부님을 남이 아니라 여기시면 의당 함께 보내셔야지요."

유가장을 떠나려는 금도산과 이를 배웅하는 연후의 대화였다.

"가족이란 몸이 함께 있는 것보다 마음이 함께 있음이 중요한 것 아니겠느냐?"

"하면 이제 어디로 가시렵니까? 혹…… 부친께……."

연후가 주저하며 말끝을 흐렸다.

요 근자에 죽기 전에 꼭 자식 놈을 다시 보고 싶다는 말씀을 자주 하시는 조부 생각이 난 것이다.

조부께는 감히 말할 수 없으나 금도산이 아버지와 연락이 닿고 있음을 알기에 조심스럽게 그런 짐작을 해 보는 것이다.

"아니다. 네 아비를 만나는 일은 한동안 미뤄 두어야 할 것 같구나. 먼저 해묵은 은원을 해결해야 하니……."

금도산의 나직한 음성에 연후가 잠시 경직되는 표정이었다.

금도산의 은원이야 이제 연후도 잘 알고 있는 일, 하면 그 걸음이 어디로 이어질지도 충분히 짐작할 수 있는 일이었다.

"화산파로 가시는 겁니까?"

연후의 음성에는 걱정이 짙게 배어났다.

"허허, 녀석. 강호인이 다 된 것 같은 말투로구나. 너무 걱정할 것 없느니라. 중원 천하에 이 백부를 어찌할 수 있는 이는 없으니 말이다."

평소 과장됨이 없는 백부 금도산의 말이었기에 연후의 얼굴에도 옅은 웃음이 걸렸다.

"보중하시옵소서."

연후가 공손히 예를 취하자 금도산이 흡족하게 웃은 뒤

조심스레 품안에서 무언가를 꺼내었다.

"내 너를 잠시 보자 한 것은 배웅이나 받으려는 것이 아니다. 이거나 받거라."

금도산이 내민 손과 물건을 보며 연후의 눈빛이 흔들렸다.

투박하고 커다란 그의 손바닥 위에는 한 권의 책자와 더불어 둘둘 말린 체대가 놓여 있었다.

연후가 주저하면서 되물었다.

"이것이 무엇이옵니까?"

"네 모친의 유품이니라."

금도산의 딱딱한 음성에 연후가 흠칫하며 굳어졌다.

그런 뒤 조심스레 그 손으로부터 체대와 책자를 넘겨받았다.

그런 뒤에도 한동안 책자와 체대 위에서 눈을 뗄 수가 없었다.

"현천무상검결(玄天無常劍訣)과 검제지보(劍帝之寶)라 불리는 신병 초연검(超然劍)이니라. 오늘 이후 한시도 떼어 놓지 말거라."

금도산의 음성이 울렸으나 연후의 시선은 여전히 책자와 체대 위에서 떨어질 줄 몰랐다.

그런 연후를 그윽한 눈길로 바라보는 금도산의 내심도 복잡하기만 했다.

'제수씨! 이것도 다 정해진 운명인 듯하니…… 나를 너무 탓하지 마시오.'

본래 그녀가 임종을 맞이하며 금도산에게 이 두 가지 신물을 맡겼을 때의 부탁은 전혀 다른 것이었다.

북궁가의 맥이 끊기지 않도록 좋은 재목을 찾아 그것을 전해 달라는 것이 그녀의 마지막 바람이었다.

물론 연후를 만나기 전까지도 금도산은 당연히 그렇게 하리라 마음먹고 있었다.

한데 이제는 상황이 달라진 것이다.

"이 두 가지 보물은 그 존재만으로도 강호를 발칵 뒤집어 놓을 만큼 귀한 것이다. 본시 네 모친의 뜻은 바르고 뛰어난 기재를 찾아 북궁가의 맥을 이어 달라는 것이었는데, 너를 보고 있자니 멀리서 찾을 이유가 없다는 생각이 들더구나."

금도산의 연이어진 말에 그제야 연후가 고개를 들어 금도산을 바라보았다.

그 어느 때보다도 담담하기만 한 금도산의 눈빛, 하나 그 눈빛에 은은한 떨림이 일고 있음을 충분히 느낄 수가 있었다.

"명심해야 할 것은 네 모친은 네가 강호의 은원에 휩싸이지 않길 원했다는 것이다. 나 또한 그것은 마찬가지, 그래도 내 이것들을 네게 전하는 것은 그것이 올바른 인연이라 생각되기 때문이다. 또한 부마도위의 자리에 앉을 네게 함부로 칼을 겨눌 이가 없을 터이니, 스스로 익히든 훗날 누군가에게 전하든 온전히 모든 인연을 네게 맡기고자 함이다. 네게도 북궁세가의 피가 흐르니 나보다는 그 선택을 네가 함이 옳지 않겠느냐?"

금도산의 말에 연후는 한동안 다시 물끄러미 손안의 책자와 초연검을 바라볼 수밖에 없었다.

그러다 이내 조심스럽게 입을 열었다.

"백부님의 염왕진결을 익히고 있는 제가 이것을 익혀도 되는 것인지요? 일전에 말씀하시길 서로 다른 내력을 한 몸에 담고자 하면 큰 탈이 난다 하지 않았습니까?"

"녀석! 무공이라 하니 흥미부터 동하나 보구나."

무거워진 분위기를 가라앉히려는 듯 가벼운 금도산의 핀잔이 이어졌고, 연후가 황급히 죄스러운 표정을 지었다.

하나 금도산은 개의치 않고 다시금 인자하고 중후한 음성을 내뱉기 시작했다.

"염왕진결은 천지간에서 화염지기를 쌓아 궁극에는 화령(火靈)을 이뤄 내기 위한 무학이니라. 이를 굳이 분류하자면 중단전의 무학이라 할 수 있다. 강호상의 대부분의 무학이 하단전에 내력을 쌓는 것과는 다른 상리를 지닌 무학이다. 마찬가지로 북궁세가의 무공 역시 그 궤적을 달리하는 무학이다. 무상검결은 그 근본을 상단전에 두는 무학이니 염왕진결과는 또 다른 무학이라 할 수 있단다."

금도산의 음성이 나직하게 끝을 맺자 연후는 더욱더 눈을 빛내며 물었다.

"하면 백부님께서도 이것을 익히셨는지요?"

"강호에서는 함부로 타문의 무학을 익히는 것이 아니다. 다만 훗날 누군가에게 전해 주어야 하는 물건이기에 훑어본 것이 전부이니라."

"하면 상단전 무학이란 것은 염왕진결과는 어찌 다른 것입니까?"

궁금함과 의문이 끊이지 않는다는 듯 연후의 질문이 재차 계속되자 금도산이 냉랭하게 말을 잘랐다.

"놈! 천고의 비급이라 하니 욕심부터 앞서는 것이냐?"

나직하면서도 준엄한 꾸짖음이었고 그제야 연후는 자신이 큰 실수를 하고 있음을 깨달았다.

이제껏 광해경 속에서 기술된 상문이니 하문이니 중문이니 하는 것들에 관한 궁금증을 풀 수 있으리란 생각에 저도 모르게 쏟아 낸 질문인데, 당장은 그런 의문을 해소하는 것이 중요한 것이 아님을 깨달은 것이다.

천고의 비급이기에 앞서 모친의 유품인 물건, 그것을 앞에 두고 제 욕심만 차린 듯한 모습을 보였으니 백부에게 꾸지람을 들어도 모자라단 생각이었다.

"죄송합니다. 백부님."

자신의 잘못을 깨닫고 깊게 잘못을 뉘우치는 연후, 그러자 금도산의 음성과 표정도 한층 누그러졌다.

"아니다. 지금의 너라면 한창 무공에 미칠 시기란 것을 잘 안다. 이 백부가 십 년이나 걸려 이룬 오성(五成)의 경지를 고작 반년 만에 도달한 너이니 어찌 무공에 관한 궁금증이 일지 않겠느냐? 다만 무상검결을 익히는 것은 염왕진결과는 또 다르다는 것만은 명심하거라."

"……."

"상단전의 무학은 말 그대로 깨달음의 무학이자 마음의 무학이다. 평생을 수련한다 하여도 안 되는 이가 있는가 하면 누군가는 찰나지간 그 뜻을 깨닫고 전입미답의 경지에 이르기도 하는 것이지. 하니 조급해하지 말고 편한 마음으로 곁에 두고 오랜 세월 참오하는 것이 좋을 것이다."

"명심하겠습니다."

"그래, 그래야지. 강해지고 싶은 마음은 백부가 전한 염왕진결로도 충분히 채울 수 있을 것이니라. 장담하건대 염왕진결을 이 백부의 경지까지만 이루어도 천하에 너를 어찌할 수 있는 이는 없을 것이다."

전과 달리 자부심 가득한 금도산의 음성에 연후는 저도 모르게 고개를 끄덕였다.

철탑처럼 굳건해 보이는 백부 금도산의 모습이 더없이

믿음직스러워 보이는 순간이었다.

"염왕진결이 팔성에만 이르러도 목도를 들든 진도를 들든 상관없는 경지에 다다를 것이다. 물론 초연검 또한 수족처럼 다룰 수 있을 터이니 그 전까진 남에 눈에 띄지 않도록 각별히 유념하거라."

"백부님의 말씀 가슴 깊이 새기겠습니다."

연후는 다짐이라도 하듯 흔들림 없는 음성으로 답했고 금도산은 더없이 흡족한 얼굴로 연후를 바라보았다.

그리고 이내 그윽한 음성으로 이별을 고했다.

"이야기가 길어졌구나. 이만 떠날 것이다."

금도산이 휭 하니 뒤돌아섰고 연후가 아쉬운 듯 그 널따란 등을 향해 말문을 열었다.

"언제 또 뵐 수 있는 것입니까?"

연후의 물음에 휘적휘적 걸어 나가던 금도산이 고개조차 돌리지 않고 대꾸했다.

"강호를 살아가는 이에게 훗날의 약속처럼 무의미한 것은 없는 법이다. 살아 있으면 만날 사람은 만나게 되는 법이니라."

그렇게 금도산은 유가장을 떠났다.

반년가량 머무르며 너무도 많은 것을 전해 주고 간 백부 금도산.

연후는 그가 눈발을 헤치며 매화촌을 벗어날 때까지 그

자리에 선 채 움직일 줄을 몰랐다.

그러면서도 손안에 든 무상검결과 초연검의 무게가 한없이 무거워지는 것 같은 기분을 느껴야만 했다.

'어머니의 유품이란 건가…….'

한참이나 연후가 그렇게 상념에 빠져 있는 어느 순간 조심스러운 음성이 들려왔다.

"도련님! 날이 찹니다. 들어가시지요."

금도산과 연후의 심상치 않은 분위기 때문에 감히 나서지도 못하고 이제껏 정문 옆에 쭈그리고 있던 동삼의 음성이었다.

그제야 연후는 정신을 차리듯 동삼을 향해 환하게 웃어 보였다.

"이 눈 다 치우려면 정말 고생이겠네. 좀 도와줄까?"

"아이고! 되었습니다. 어서 들어가시기나 하십시오. 장차 부마가 되실 몸에 고뿔이라도 오면 어쩌시려고!"

하인 동삼과 연후의 격의 없는 대화가 그렇게 한참일 때 매화촌을 벗어난 금도산의 걸음이 잠시 멈추었다.

그러고는 보이는 것은 눈뿐이 없는 들판을 향해 공손하게 입을 열었다.

"유가장을 부탁드립니다."

때마침 순백의 눈밭 위로 기이한 그림자가 서리더니 초

노의 모습이 불쑥하고 솟아올랐다.

"헐헐헐! 떠날 때가 되니 제법 공손해지는구먼. 한데 정말 이대로 가려나?"

초노의 음성에 무언가 아쉬움이 가득한 듯했고 금도산은 그 아쉬움의 정체가 무엇인지 잘 알고 있었다.

"못다 한 승부는 후일로 미뤄야겠습니다. 아직 해야 할 일이 남은 몸인지라……."

"헐헐! 내 언제고 따끔하게 버릇을 고쳐 주려고 벼르고 있었건만……. 아쉽게 되었네그려."

초노는 진득하게 묻어나는 아쉬움을 음성에 담았고, 금도산은 그런 초노를 향해 공경하는 태도를 잃지 않았다.

강호에 적을 둔 이들은 쉽게 믿어선 안 된다는 것은 너무나 명백한 진리였다.

하나 눈앞의 정체 모를 노인이 적이 아니라는 것은 지난 반년의 시간 동안 충분히 깨달을 수 있었다.

아니 앞서 말한 것처럼 이 노인이 유가장을 지키고 있고 단목세가의 호위가 함께 하기에 안심하고 이곳을 떠날 수 있는 것이다.

"어르신이 있어서 마음이 한결 편합니다. 다시 한 번 유가장의 식솔들을 부탁드립니다."

"헐헐헐! 맨입으로 싹 씻으려 들다니! 뭐, 간다니 붙잡을 생각은 없네만…… 노부도 한 가지 궁금한 것이 있어서 말일세."

"말씀하시지요."

"자네 그 도법을 어찌 익히게 된 것인가?"

"선친께서 천목산 어딘가를 헤매다 우연히 암굴 하나를 발견했는데 그 안에 있었다 들었습니다."

"청해성이 아니라 천목산인가?"

"그렇게 들었습니다. 목이 떨어져 나간 인골의 주인과 함께 두 권의 책자가 있었다 합니다. 그것이 염왕진결과 염왕도법의 비급이라 하셨습니다. 답이 되었는지요?"

"또 다른 것은 없었는가?"

"정확한 것은 저 역시 너무 어린 나이에 들은지라 제대로 기억하지 못합니다. 다만 하늘 아래 가장 강한 무인이 잠들다라는 글귀가 석벽에 적혀 있었다 들은 것 같습니다. 한데 그 필체가 비급을 적은 필체와 같다고 했던 것도 기억이 납니다. 제가 아는 것은 그 정도입니다."

평소라면 누구에게도 쉬 말할 수 없는 것들이었으나 어려운 일을 부탁하는 처지에 그 정도는 비밀이라 할 수도 없다는 생각이었다.

초노는 그런 금도산의 말에 무언가 골똘히 생각하는 표정을 짓다가 이내 황급히 입을 열었다.

"이런! 바쁜 사람 괜히 붙들고 시간을 허비하였구먼. 잘 가게나. 다시 볼 때는 못다 한 승부 내는 것 잊지 말고!"

"기대하겠습니다. 그날까지 어르신도 보중하십시오."

"암암! 나야 끄떡없지. 내 장담하건대 내 자네보다 명줄이 길 것이네. 흘흘흘흘……."

*　　　*　　　*

금도산이 떠나고 며칠이 흘렀다.

평소 같으면 늘 조용하기만 하던 유가장의 오후 시간이었지만 이틀 뒤로 다가온 원단 준비로 몇 되지 않는 하인들이 분주하게 오가고 있었다.

때마침 서가 주위로 하인 동삼이 지나가자 창밖으로 고개만 삐죽 내민 혁무린의 음성이 이어졌다.

"동삼 형님!"

무린의 갑작스런 부름에 동삼이 화들짝 놀랐다.

아무리 반년이 넘게 흘렀지만 도무지 형님 소리에 적응이 되지 않는 동삼이었다.

"네! 혁 공자님!"

동삼 역시 공대로 혁무린을 대했는데 무린이 얼굴 가득 불만을 표하며 입을 열었다.

"연후 녀석 뭐 한대요? 며칠째 코빼기도 못 보겠네."

금도산이 떠난 후 며칠 동안 두문불출하고 있는 연후였

다.

오전 오후 공부 때조차 모습을 보이지 않고 거처에 틀어박혀 있는 연후, 유한승이야 고뿔에 걸렸다고 알고 있지만 그게 사실이 아니라는 것을 모르지 않았다.

태청신단을 고스란히 복용한 연후가 고뿔 따위에 걸릴 리가 없기 때문이었다.

"글쎄 저라고 어찌 알겠습니까? 아마도 무언가 삼매경에 빠져 있을 겁니다."

"그러니까 그 무언가가 뭔데요?"

"예전에도 곧잘 그러셨습니다. 연후 도련님께선 뭔가에 흥미가 일면 밤낮을 가리지 않고 몰두하시지요. 그래도 이번엔 좀 과하긴 합니다. 장주님과 공부하는 시간만큼은 하루도 거른 적이 없던 분인데……."

동삼의 답변에 무린의 얼굴엔 더욱더 불만이 넘쳐 났다.

"칫! 대체 뭐 하는 거야! 곧 원단인데…… 이런 대목에는 만도각에 가서 한번 찐하게 놀아 봐야 하는 거 아니야!"

무린의 투덜거림이 이어졌고 때마침 서가 안쪽에서 날선 음성이 들려왔다.

"시끄럽다. 가려거든 혼자 가서 놀고 오거라."

서책에 빠져 있던 사다인의 음성이었고, 때마침 마주

앉아 있던 단목강이 거들었다.

"무린 형님! 전 빼 주십시오. 아버님까지 왔다 가셨는데 또 도박장과 기루에 얼씬거릴 수는 없습니다."

아무리 졸라 대도 절대 동조하지 않겠다는 의지가 굳건한 단목강과 사다인, 무린의 불만은 더욱 커져 두 볼이 터져 나갈 것만 같았다.

"그래서 연후를 찾는 거다. 네놈들이 더 재미없어진 거 모르겠냐?"

연이어지는 무린의 투덜거림, 급기야 사다인이 참지 못하고 일어섰다.

"강아, 나가자!"

"어딜?"

"오랜만에 몸이나 풀자!"

"그럴까요."

사다인을 따라 단목강이 보고 있던 서책을 덮고 일어서자 무린의 얼굴에 화색이 돌았다.

"비무냐?"

순간 사다인이 날카롭게 무린을 째려본 뒤 단목강을 향해 입을 열었다.

"시끄러운 녀석 없는 곳으로! 따라와라!"

말을 마친 사다인이 재빠르게 서가 밖으로 나간 뒤 힘껏 지면을 박찼다.

타탁! 타탁!

몇 번의 도약으로 담장과 담장을 타 넘어 뒷산으로 사라져 가는 사다인, 순간 단목강이 무린을 향해 조금은 미안한 표정으로 입을 열었다.

"조용한 곳에서 하고 싶으시다는군요."

그 말을 끝으로 단목강의 신형이 미끄러지듯 서가 밖으로 향했다.

그런 뒤 사다인과는 또 다른 움직임으로 경공을 펼쳐 순식간에 그 모습이 사라져 버렸다.

"야! 너네들!"

황급히 소리치는 무린이었지만 이미 두 사람의 족적은 찾을 길이 없었다.

서가에 홀로 남은 혁무린은 맥이 완전히 빠진 얼굴이었다.

"아! 이것들이 치사하게……. 누군 경공술을 할 줄 몰라서 안 하나……!"

의자에 주저앉아 창틀에 턱을 괸 무린의 푸념이 그렇게 이어질 찰나 익숙한 음성이 들려왔다.

"흘흘흘흘……. 못하지 않습니까."

초노의 놀리는 듯한 음성이었다.

"못하는 게 아니라 안 하는 거야! 내가 알고 있는 경공 절기만 서른 개는 넘는다고!"

무린이 발끈하여 반발했지만 들려온 초노의 음성엔 이제 비웃음까지 곁들여 있었다.

"알고 있는 것과 익히는 것은 분명 다른 것이지요. 다른 건 다 귀찮다고 하시면서 제대로 익히신 건 만수신공과 귀왕안(鬼王眼)뿐이지 않습니까?"

"알고 있었어?"

"하하하 알다 뿐이겠습니까? 귀왕안이야 소공께는 거저 익히는 거나 다름없는 것이고 만수신공은 심심하다시며 금수들과 놀기 위해 익히신 거 아닙니까? 다른 절기를 수련하는 걸 본 적이 없습니다."

"하하하! 하긴 맨날 내 옆에 있으니 모르는 게 있다면 그게 더 이상하겠네."

"그러니까 평소에 경공이나 호신공 하나만 익혀 두었어도 볼썽사납게 코피가 터지거나 오늘처럼 친구들에게 버림받는 일도 없었을 거 아닙니까?"

"뭐 하러 익혀! 어차피 그때가 되면 자연스럽게 갖게 되는 힘인데."

"헐헐헐헐! 아무리 주공의 능력이 고스란히 전이된다 하지만 미리 무학의 이치를 알아 둬서 나쁠 것이 없지 않습니까?"

"그만 됐어! 그놈의 무공. 있으면 어떻고 없으면 또 어때. 다시 말하지만 난 아버지처럼은 안 살 거니까."

무린은 더 이상 이야기하고 싶지 않다는 표정으로 창밖으로 시선을 돌려 버렸다.

하나 이어진 초노의 음성은 전에 없이 무겁기만 했다.

“자부일맥에게 주어진 숙명은 참으로 무거운 것이옵니다. 부디 주공의 삶을 이해하셔야 합니다. 기나긴 세월을 홀로 감내하며 살아오신 분이십니다. 소공께서 부정하신다면 누가 주공을 이해할 수 있겠습니까.”

충정이 절절히 묻어나는 음성.

하나 혁무린의 눈빛은 전에 없이 차갑기만 했다.

“부정하고 말고 할 게 어딨어. 아버진 아버지대로 살아왔고 난 또 나대로 살아가면 그뿐이야. 난 다만 아버지처럼 세상을 위해 그렇게 온몸을 바칠 생각은 없단 뜻이야. 우리가 없어도 이놈의 세상은 잘만 돌아가니까.”

“소공…….”

“그만! 더 이야기해 봐야 기분만 우울해져. 연후 녀석한테라도 가야겠어.”

무린은 훌쩍 자리를 털고 일어서 밖으로 나갔다.

지붕 위에 은신하고 있던 초노가 그런 무린의 발걸음을 더없이 애틋한 눈으로 바라보고 있었다.

‘소공! 너무 두려워 마십시오. 노신이 소공의 곁에 있을 것입니다. 또한 노신이 떠나도 소공 곁에 있어 줄 아이를 키우는 중이옵니다. 노신이 없어도 그 자리를 그 아이가

대신할 것입니다. 주공처럼…… 그렇게 외롭게 살지 않게 해 드리겠습니다. 그것이 노신의 몫이니까요…….'

*　　　*　　　*

좌라라라락!

비단이 풀리는 듯한 얇고 경쾌한 소리가 울리며 날카로운 기음 한 줄기가 방 안을 메웠다.

연이어 초연검의 검신이 더없이 날카로운 소리를 토해냈다.

패팽!

금음이 울리는 듯한 소리가 울리자 검신을 세운 연후가 나직하게 숨을 골랐다.

"후흡!"

더없이 차가우면서도 한없는 예리함과 날카로움을 뿜어내는 초연검을 바라보는 연후의 눈망울에도 은은한 긴장감이 서렸다.

이윽고 연후가 염왕진결을 운용하기 시작했다.

순간 검신 전체로 타는 듯한 푸른 불꽃이 일렁였다.

화르르륵!

은은한 금빛이 이는 검신을 둘러싼 푸르른 기운들!

연후의 이마에서 한 줄기 땀방울이 흘러내렸다.

그러곤 잠시 뒤 거짓말처럼 그 기운이 사라지며 날카롭게 뻗어 있던 초연검의 검신이 더위 먹은 엿가락처럼 늘어졌다.

"휴우우!"

연후가 보다 긴 숨을 토해 내며 허물어져 내리는 연검을 휘젓자 다시 한 번 팽팽한 금속음을 토해 냈다.

패팽!

촤라라라락!

순식간에 초연검은 연후의 허리춤에 체대처럼 자리 잡았다.

누가 보아도 검을 패용했다 짐작할 수 없을 만큼 초연검은 감쪽같이 연후의 허리춤에 감긴 뒤였다.

지난 며칠간의 노력이 조금은 빛을 발하는 것만 같았다.

초연검과 더불어 현천무상검결에 빠져 어떻게 시간이 가는 줄도 모르며 지내 왔던 연후였다.

하나 아직도 타는 듯한 목마름은 계속되었다.

연후는 탁자 위에 놓인 책자를 펼쳤다.

북궁세가의 검학이 담긴 책자, 이를 대하는 연후의 태도는 조심스럽기 그지없었다.

형과 식은 의지에서 출발한다.

의지는 보이는 것에 머무는 상념.

무상은 의지를 뛰어넘어 생기는 힘을 일컫는다.

무상의 길이 열리면 검은 생각보다 빨리 움직이고 나의 존재조차 검에 함몰된다.

무상을 얻는 순간 의지는 죽고 검은 산다.

천하에 오직 검 하나만이 홀로 존재하리라.

책자의 첫 장에 적힌 무상검결의 구결을 바라보는 연후의 머릿속에선 지난 며칠 동안의 고민이 또다시 복잡하게 이어졌다.

'결국 무상검결이란 의지보다 빨리 몸을 움직일 수 있도록 하는 것이 요체란 말이로구나. 그렇다고 해도 어찌 그런 상태로 무공을 펼칠 수 있다는 것인지…….'

읽으면 읽을수록 더욱 어려워지는 무상검결의 내용에 연후의 머릿속은 타들어 가는 것만 같았다.

그렇다고 해도 포기할 연후가 아니었다.

예전에도 이러한 경험을 한번 해 보았던 연후였다.

그것은 바로 광해경을 처음 접했을 때와 같은 막막한 난해함.

하나 결국 읽고 또 읽고 고민하니 조금씩 그 의미들이 풀어진다는 것을 알게 된 연후였다.

무상검결이라고 다를 것 같지 않았다.

아니 광해경을 처음 접했을 때의 황당함 같은 것은 없었다.

자구가 너무 어렵고 검결의 의미가 마치 선문답같이 모호한 구절들로 가득하긴 해도 전혀 이해 못할 것들은 아니라는 생각이었다.

다만 그러한 내용들이 어찌 무학으로 이어질 수 있는지에 대한 단초를 아직 붙잡지 못했을 뿐이었다.

그렇게 무상검결을 바라보는 연후의 얼굴엔 깊은 고민이 넘쳐 났다.

하나 누가 보더라도 그 고민 속에 한 줄기 희열이 깃들어 있음을 느낄 수 있을 정도로 연후는 설레고 있었다.

광해경을 얻고, 태청신단을 먹게 되고, 또한 금도산을 통해 염왕진결을 익히게 된 지금까지의 일들이 한 폭의 그림처럼 연후의 뇌리를 스쳐 갔다.

마치 무언가에 이끌린 것처럼 빠져들게 된 무학의 세계, 그리고 다시 눈앞의 책자를 보는 연후는 더없이 깊은 눈길을 할 수밖에 없었다.

기억조차 없는 모친의 유품.

이 땅에 검한마녀라는 한 서린 별호만을 남긴 채 사라진 어미의 삶이 느껴지는 것만 같아 마음 한구석이 찌르르 울리는 것만 같은 기분이었다.

"강호의 은원에 얽매이길 원치 않으셨다구요?"

마치 어미를 대하는 듯 책자를 향한 연후의 물음이 이어졌다.

하나 책자가 죽은 어미 대신 답을 해 줄 순 없는 일이었다.

연후는 그러고도 한참을 말없이 책자를 응시하기만 했다.

그런 뒤 이내 나직하지만 굳은 결심이 담긴 음성을 내뱉었다.

"다른 건 몰라도 열심히 익히고 수련하여 북궁세가의 검이 끊어지지 않았다는 것만큼은 세상에 알리도록 하겠습니다. 그것이 제가 어머니께 해 드릴 수 있는 마지막 도리인 것 같습니다."

때마침 문틈 사이로 바람이 불어와 탁자 위에 놓인 책자를 흔들고 지나갔다.

무상검결이 마치 그런 연후에게 대답이라도 하듯 차르륵 소리를 토해 냈다.

연후는 그 뒤에도 한참이나 그렇게 무상검결을 바라보기만 했다.

하나 그런 연후의 무거운 침묵은 문밖에서 들려온 낯익은 목소리로 인해 깨어질 수밖에 없었다.

"연후야! 노올자!"

당연히 그 음성의 주인은 무린이었다.

그제야 연후도 피식 웃으며 자리를 털고 일어섰다.

내일모레면 원단인데 너무 자신만 생각했다는 생각에 친우들이나 조부께 죄송한 생각마저 들었다.

더구나 무거운 고민이 깊어만 가던 차였기에 오늘따라 무린의 밝은 음성이 더욱 반갑게 느껴지는 기분이었다.

"그래! 좀 놀자꾸나!"

연후 역시 힘찬 목소리로 답을 하며 문을 나섰다.

찾아드는 그림자

폭설이 멈춘 뒤 한동안 구름 한 점 없던 하늘 위로 다시금 스멀스멀 잿빛 구름들이 밀려들었다.

손을 뻗으면 만져질 것처럼 낮게 깔린 구름들이 심상치 않은 눈보라를 일으킬 것만 같은 날씨였다.

원단을 하루 앞둔 저녁 시간이라 그런지 왠지 모를 을씨년스러움이 가득한 하늘이었다.

때마침 하남성 교애산의 한 중턱으로 하나둘 눈송이가 날리기 시작했다.

먼저 쌓여 딱딱하게 얼어붙은 눈발 위로 소담스럽게 내려앉기 시작한 눈송이들.

그 즈음 야산 중턱으로 하나둘 괴이한 인영들이 모여들

기 시작했다.

전신을 흑의로 감싼 뒤 복면까지 패용한 이들은 하나둘씩 모습을 드러낸 뒤에도 서로 간 멀찌감치 떨어져 자리를 잡고 서 있을 뿐 누구 하나 먼저 입을 여는 이가 없었다.

그러는 사이 눈발은 점차 거세어졌다.

또다시 세상을 집어삼키려는 듯 거칠게 몰아치는 눈발, 쌓여 가는 눈의 무게를 이기지 못하고 노송의 가지들이 연이어 거친 움직임을 보이기 시작했다.

투툭…… 투……. 투투투투툭!

휘청거린 가지 하나가 다른 곳을 건드리자 그 여파로 인해 물결치듯 주위의 눈들이 떨어져 내렸다.

그렇게 나뭇가지들이 요동을 치자 잠시간 눈사태라도 난 듯 주위는 소란스러워졌다.

그러나 복면인들은 누구 하나 미동도 하지 않은 채 마치 얼음덩이가 된 듯 자리를 지킬 뿐이었다.

그들의 침묵은 참으로 무거웠고 때마침 또 다른 복면인 하나가 놀랍도록 빠른 속도로 그들이 자리 잡은 곳을 향해 날아들었다.

하나 여전히 복면인들은 말이 없었고 그저 고개를 돌려 그의 등장을 확인한 것이 전부였다.

그러자 뒤늦게 당도한 복면인이 먼저 입을 열었다.

"다른 분들은 아직인가 봅니다."

짐짓 반가움이라도 나누려는 듯 그것도 아니면 더없이 무거운 침묵을 깨뜨려 보려는 듯 이어진 음성에 누구 하나 대꾸하는 이가 없었다.

한데 때마침 다른 복면인들 중 하나가 나섰다.

"팔공께서 먼저 수고를 하기 위해 나섰습니다. 아미타불! 팔공께서 참으로 모진 일을 감수하려 하십니다."

자책하듯 이어지는 나직한 불호와 음성에 위로라도 하듯 다른 복면인이 입을 열었다.

"흔적을 남기지 않으려면 무형진살(無形眞殺)이 가장 적합하니 늘 팔공께서 수고를 하시는 것이지요."

하나둘 입을 열기 시작하자 기다렸다는 듯 다른 복면인들도 나직이 한마디씩을 내뱉었다.

"대관절 유가장이라니……."

"우리 모두 축생 지옥에 갇힌다 해도 이 죄를 씻을 수는 없겠지요."

"죽기 전 반드시 태공공 그 고자 놈의 목을 내 손으로 없애고 말 것이오."

"하나 놈이 틀어쥐고 있는 비급들은 어찌한단 말이오. 그것이 세상에 풀리는 날엔 사문의 위치가 하루아침에 바닥으로 추락하고 말 것인데……."

한탄하듯 이어진 누군가의 말에 잠시간 복면인들은 누

구도 말을 잇지 못했다.

"언제고 기회가 올 것입니다. 그때가 되면 놈의 목을 반드시 내 손을 따 줄 것이오."

가장 늦게 도착한 복면인의 음성에는 더없는 비장함이 서렸지만 그 순간 이제껏 들리지 않던 여인의 음성이 복면인들 가운데서 흘러나왔다.

"삼공! 그 입 닥치시오. 누구 때문에 우리가 이런 꼴이 되었는지 벌써 잊으신 것이오?"

꼬장꼬장하기 이를 데 없는 중년 여인의 음성이었는데 그 음성에 삼공이란 복면인은 더 이상 대꾸를 하지 못했다.

그리 되자 불호를 읊조리던 복면인이 다시금 나섰다.

"오공! 어찌 그 일이 전부 삼공의 잘못이겠습니까? 그 마녀의 무학을 제대로 추측하지 못한 우리 모두의 실기이지요. 아미타불! 아미타불!"

"흥! 일공 역시 같은 편이로군요! 그렇다면 어찌 같이 간 제자들 중 소림과 무당, 화산의 아이들만 살아올 수 있단 말입니까?"

중년 여인의 음성은 더욱더 날카로워졌으며 그 음성에 서린 한은 내리는 눈발보다 더욱 매서웠다.

그러자 일공이라 칭하여진 복면인은 더 이상 입을 열지 못했다.

때마침 여인의 매서운 눈빛을 감내하던 삼공이 입을 열었다.

"모든 것은 제 부족함의 소치. 이십 년 세월이 다 되어가도 그날을 잊을 수가 없소이다. 아미의 소진과 곤륜의 정학은 그때 고작 열여섯이었지요."

"닥쳐라! 육진풍! 네놈 따위가 어디서 함부로 소진의 이름을 부르느냐!"

살기마저 뿜어지기 시작한 중년 여인의 노성이 그렇게 이어졌으나 삼공은 차마 더 이상 답을 할 수가 없었다.

더불어 그녀의 입에서 나온 자신의 이름 앞에 마음은 한없이 흐트러질 수밖에 없었다.

육진풍…… 얼마나 그리운 이름이었던가…….

화산의 사문 앞에 핏덩이로 버려졌던, 그 포대기에 쓰여져 있던 이름이 바로 육진풍이었다.

하나 이제는 세상 누구도 불러 주지 않는 이름이었다.

화산의 제자가 될 것이라 꿈꾸던 어린 시절, 화산파의 허드렛일을 하던 노인을 따라나선 것이 아직도 후회되었다.

그때 그 노인을 따르지 않았다면…….

그랬다면 지금 자신은 화산에서 무엇을 하고 있을까 하는 상상을 해 본 것이 한두 번이 아니었다.

하나 이미 육십여 년이나 흘러 버린 과거의 일이었다.

되돌린다면 그간 살아온 모든 것을 부정하는 일이 되어버릴 일이었다.

그렇게 노인을 따라나섰다가 또 다른 여덟 명의 사부를 얻게 되었다.

그리고 자신과 마찬가지로 하나둘 다른 아이들이 찾아왔고 그때 육진풍이라는 이름을 버려야 했다.

어린 동승도 있었고 코를 찔찔거리던 땅딸막한 도사도 있었다. 그렇게 아홉 명의 사부들의 손에 번갈아 가며 무공을 배웠다.

그런 육진풍의 나이 열다섯이 되는 해에 아미파에서 금정이란 도호를 가진 꼬마 계집애가 마지막 아홉 번째 자리를 차지하며 나타났다.

유난히 눈망울 커다랗고 어여쁘던, 아니, 이제는 중년을 넘어 저 복면 안의 머리카락도 희끗희끗 변해 있으리라.

하나 그 후 육진풍이란 이름도 금정이란 별호도 모두 없어지고 그저 삼호니 오호니 하는 이름으로 불렸을 뿐이었다.

그 뒤로 꼬박 십 년의 세월을 함께 보내게 된 아홉 아이들은 혹독한 나날과 수련을 계속해야 했고, 유난히 약한 금정을 마음을 다하여 살펴 준 것이 육진풍이었다.

그사이 소년과 어린 계집아이는 헌앙한 장부가 되고 꽃다운 여인으로 변하여 애틋한 마음을 나누게 되었다.

두 사람 사이의 정은 그 후로 봉공의 자리에 앉게 된 이십여 년 동안에도 각별할 수밖에 없었다.

마음은 물론 때때로 열락에 빠진 듯 뜨거운 밤을 함께 하던 두 사람의 깊은 정은 세상 무엇으로도 바뀔 것 같지 않고 이십여 년이나 계속되었다.

비록 함께할 수는 없는 운명이었으나 백 년을 함께한 부부라 하여도 이상할 것이 없을 정도로 두 사람의 정은 각별하기만 했다.

한데 그 일이 벌어진 것이다.

전대 봉공이 그러했던 것처럼 뒤를 이을 아이를 찾았고, 그들을 가르치며 하루하루를 보내던 시기였다.

때마침 북궁세가의 잔당이 나타났단 이야기가 들렸고 더없이 좋은 실전의 기회기에 당시 가르치고 있던 아이들과 함께 검한마녀의 뒤를 쫓기 시작했다.

혹여 몰라 무당의 이공마저 그 길에 함께했다.

한데 고작 스물 중반의 여인에게 두 사람 모두 치명상을 입었고 아홉 제자 중 여섯을 잃게 될 줄은 상상도 하지 못하였다.

검제가 어찌하여 환우오천존으로 꼽히는지 그제야 절절히 느낄 수 있었지만 남은 것은 뒤늦은 후회뿐이었다.

아이들의 시신을 수습하여 돌아왔을 때 다른 봉공들이 모여 있었고 그 비통함은 차마 말로 할 수 없을 지경이었다.

그 후 그녀의 태도는 너무나도 달라져 버린 것이다.

죽은 아미파의 소진이라는 아이, 그 시신을 안고 경멸어린 시선으로 자신을 쳐다보던 그녀의 눈빛을 지금껏 하루도 잊은 적이 없는 육진풍이었다.

"그만두시지요, 오공! 이곳에 그 일이 가슴 아프지 않은 이가 어디 있겠습니까. 더구나 살아남은 아이들마저 변절하여 환관의 수족이 되어 버렸으니 일공이나 이공, 삼공 모두 우리보다 더한 고통을 감내하고 있는 것입니다."

누군가가 나서 그리 입을 열자 한동안 또다시 깊은 침묵이 계속되었다.

때마침 한 줄기 거센 눈보라가 휘몰아쳤다.

삽시간에 찾아들기 시작하는 어두움과 더불어 눈발은 더욱 거세어져만 갔다.

"무량수불! 이제 움직여야 할 때인 것 같습니다."

이공이라 불린 복면인의 나직한 음성, 하나 누구 하나 입을 연 이도 또한 움직이는 이도 없었다.

또다시 이어지는 기나긴 침묵이었다.

"아미타불! 가 봅시다. 우리가 지옥에 가지 않으면 누가 지옥에 가겠소이까!"

나직한 불호와 함께 복면인 하나의 신형이 눈발을 뚫고 허공으로 치솟았고, 그제야 기다렸다는 듯 복면인들의 그림자가 어둠이 짙어 가는 허공으로 사라져 갔다.

그들의 목적지는 매화촌과 유가장.

밤사이 피어나게 될 혈화를 씻어 내리기라도 하려는 듯 눈발은 더욱더 거세어져만 갔다.

*　　*　　*

"쯧쯔쯔! 한심한 녀석. 성취가 이렇게 더디기만 하니 어느 세월에 좀 쓸 만해질꼬! 암천이란 꼴 같지도 않은 그 이름이 부끄럽지도 않느냐?"

"자질이 아둔한 걸 어쩌겠습니까? 그나저나 정말 말씀처럼 의지만으로도 목숨을 취할 수 있는 것인지요? 제가 무슨 전설상의 심검을 익히는 것도 아니고……."

늘 그렇듯 유가장 담장 주변에 머물러 있는 암천과 초노인의 대화였다.

"떽! 감히 노부를 의심하는 것이냐?"

"그런 것이 아니오라……."

연이어진 호통에 잔뜩 주눅이 든 암천, 그제야 초노가 인자한 음성을 뱉기 시작했다.

"세상에 마음의 검이 어디 심검 하나뿐인 줄 아느냐? 노부가 네게 전하는 것 역시 결코 심검에 못지않은 것이니라."

초노인의 음성에도 불구하고 암천은 쉬 믿기 힘들다는 눈빛이었다.

"그거…… 저…… 정말입니까?"

노인의 강함이야 잘 알지만 심검이란 전설 중에서도 전설인 무학이었다.

이제껏 누구도 익혀 내지 못했기에 그저 전설로만 남아 있는 경지가 바로 심검이란 심즉살의 경지였다.

마음먹는 것만으로 상대를 죽일 수 있다는 경지가 바로 심검, 아무리 노인이 터무니없이 강해도 그 정도까지는 아닐 것이라는 생각이 든 것이다.

때마침 초노의 주먹이 그런 암천의 머리통을 딱 하고 후려쳤다.

"크윽!"

"천외천의 비학을 공으로 전수해 주는 노부에게 천만번 절을 해도 모자랄 것인데, 감히 의심을 해?"

"아니…… 그럼 무공의 이름이라도 알려 주셔야……."

"이놈! 무공에 이름 따위가 무엇이 중요하단 말이냐! 어차피 포장만 바뀔 뿐 모두 사람 죽이는 기술일 뿐이 아니더냐!"

"……."

노인의 호통에 암천은 입을 닫은 채 조금 전 얻어맞은 머리통을 주억거릴 뿐이었다.

그 모습이 안쓰러웠는지 다시 한 번 초노가 입을 열었다.

"쯧쯧쯧. 알겠다. 네놈이 그리 원하니 말하여 주마. 본시 전하여진 무공의 정식 이름은 자부밀경(慈府密經)상의 심혼기(心魂氣)라는 것인데, 강호에는 혼원신공이라는 이름으로 더욱 알려져 있는 것이니라."

"네? 혼원신공이요?"

"들어 본 적이 있더냐?"

"그럼요! 어찌 그걸 모르겠습니까? 혼원신공이면 염왕도제가 익혔다는 두 가지 무공 중 하나가 아닙니까."

"흘흘흘! 그래도 주워들은 것 하나는 많은 놈이로구나. 하나 네놈이 알고 있는 것은 사실과 다르다. 강호상에 나간 혼원신공은 반쪽짜리나 다름없는 것이다. 오로지 살기만을 키워 사용하는 것이 그것이니 온전한 심혼기에 비할 바가 아니다."

너무나 엄청난 이야기를 들은 터라 암천은 반쯤은 얼이 빠진 눈빛이었다.

다른 것은 잘 모르겠다지만 노인에게 배우고 있는 것이 환우오천존 중 한 명의 무공이라면 그것만으로도 놀라 눈이 뒤집어질 일인 것이었다.

"흠! 이제 좀 제대로 배워 볼 맛이 나느냐?"

"넷! 어르신! 목숨 바쳐 가르침을 따르겠습니다."

전에 없이 활활 타오르는 의지가 암천의 눈에 가득했는데, 그 모습에 초노는 다시금 혀를 찼다.

“클클클! 하여간 아둔한 녀석! 보물을 보물이라 말해 줘야 보물인 줄 알다니…….”

연이어진 초노의 핀잔에도 불구하고 암천은 넉살 좋게 웃어 넘겼다.

“헤헤헤! 제가 좀 그런 편입니다.”

무엇을 배우는지 확실히 알게 된 이상 모든 것을 다해 노인을 따라야 한다는 생각이었다.

암천의 그런 넉살을 기분 좋게 바라보는 초노, 그 역시 입으로는 아둔한 자질이라 말하지만 암천의 감춰진 재능에 흡족해하고 있던 차였다.

암천이 아닌 누구라도 심혼기를 얻기 위해선 부단한 세월을 연공하여야 하는 터, 아직 젊은 암천에게 그 오의를 전하기만 하면 자연스레 터득할 것이라는 생각이었다.

그렇게 암천을 내심 흡족하게 바라보고 있던 초노의 눈빛이 갑작스레 크게 흔들렸다.

황급히 유가장 뒤편 야산을 응시하기 시작한 초노의 눈길이 너무나 급박해 암천마저 당황할 수밖에 없었다.

“왜 그러십니까?”

“누군가 있구나.”

“네엣?”

"더구나 그 수가 적지 않다. 대체 어떤 자들이기에……."

눈앞의 노인이 이렇게 긴장하는 것을 몇 번 본 적이 없는 암천이기에 그 역시 두 눈이 경직되었다.

단목중경이나 금도산을 처음 대할 때나 보아 왔던 초노의 굳은 표정, 저 어둠과 폭설 너머 나타난 이가 그만큼이나 존재감이 있다는 뜻이었다.

그런 방면의 추측이 탁월한 암천이기에 음자대의 대주씩이나 맡고 있는 것이며 홀로 단목세가의 소가주를 지키는 중임을 맡고 있는 것이다.

다만 초노나 금도산 같은 이들이 터무니없이 강할 뿐이지 일반 강호인들에게는 전혀 꿇릴 것 없는 능력이 암천에게도 있었다.

"세가 무인들에게 경계를 각별히 하라고 이르거라. 또한 무엇보다도 청년들을 보살피도록 하고!"

"넷, 어르신!"

"혹 내가 반 각 안에 돌아오지 않으면 무조건 유가장을 떠야 한다. 명심할 것은, 다른 무엇보다 소공의 안전을 최우선으로 해야 한다는 것이다. 알겠느냐?"

재삼 당부하여 이르는 초노, 자칫 유가장을 비워야 할 정도로 상황이 심각하다는 것을 암천은 그제야 확연히 깨달았다.

순간 초노의 신형이 거짓말처럼 담장 안으로 사라졌다.

세상과 동화한다는 초노의 신묘한 은신, 지척에 있는 암천이었지만 도저히 그 종적을 찾을 길이 없었다.

그런 암천의 눈빛에 근심이 가득했다.

하나 이러고 있을 시간이 없다는 것 정도도 모를 암천이 아니었다.

암천의 신형 역시 빠르게 담장 너머로 사라져 갔다.

어김없이 폭설은 계속되고 있었다.

사투의 시작

유가장 뒤편 야산에 모인 복면인들 사이로 나직한 음성이 이어졌다.

"생각보다 조심하여야 할 것 같습니다. 장원 외곽에만 해도 스물 남짓한 무인들이 보이더이다."

"팔공! 쉬운 일이라면 어찌 우리들 모두를 불러냈겠소이까? 음사에게 듣기로 단목세가의 소가주가 저곳에 있다 하더이다. 당연히 호위가 붙었을 것이고 게다가 도왕으로 짐작되는 이 또한 저 안에 있다 했소이다."

도왕이란 말에 삼공 육진풍의 복면 사이로 안광이 번뜩였다.

"금도산 그자가 있단 말이오?"

삼공의 전신에서 순식간에 폭사되는 기세에 내리던 눈발마저 거세게 요동쳤다.

금도산의 입장에서야 화산이 불공대천지원수라지만 그 반면 화산을 암중으로 지켜온 육진풍에게도 금도산은 같은 하늘을 이고 살 수 없는 존재였다.

그 손에 사라진 화산의 장로와 제자들의 수를 아직도 기억하는 육진풍이었다.

오래전 그를 놓친 것을 두고 두고 후회해 왔던 육진풍에게 그 이름은 치욕과도 같은 것이었다.

육진풍의 기세는 그렇게 걷잡을 수 없을 만큼 커져 갔다.

그때 또 다른 복면인의 나직한 음성이 이어졌다.

"그자라면 어차피 언제 베어도 베어야 할 인물이니, 살기를 거두십시오. 어차피 오늘 이곳에 살아남을 수 있는 이는 없지 않소이까."

"아미타불! 하면 누가 선두에 설 것인지……."

"늘 그렇듯 팔공께서 내부를 정리하시고 팔방에서 안으로 밀고 들어가는 것이 좋을 듯하외다. 자칫 살아 나가는 이가 생겨선 아니 되니 말이오……."

"좋소이다. 하면 시작하지요. 날이 궂어 마음마저 더 울적해지기 전에……."

그렇게 복면인들의 신형이 산 아래쪽 유가장을 향해 움

직이려는 찰나 갑작스레 일공의 대노한 일갈이 토해졌다.

"웬 놈이냐!"

날카로운 음성과 동시에 그 손끝에서 무시무시한 붉은 섬광 한 줄기가 노송 한 그루를 향해 빛살처럼 뻗어 갔다.

소림의 무상절기라는 탄지신공을 넘어선 극강의 무학 혈섬지(血閃指)!

그것이 펼쳐진 순간 거대한 노송의 전면에는 손가락 크기의 구멍이 뚫려 있었다. 하나 그 뒤편엔 어른의 머리통만 한 커다란 구멍이 뚫려 있는 있었다.

그러한 충격이 노송을 관통하였으면서도 나뭇가지에 쌓인 눈들이 미동도 하지 않았으니 그 가공한 속도와 위력에 다른 복면인들마저 크게 놀라는 눈빛이었다..

그 순간 누군가 입을 열었다.

"일공! 누가 있어 우리 주위에 기척을 감출 수 있겠소이까?"

하나 대답하는 일공의 음성은 심상치 않았다.

"분명 인기척이었소."

"불편한 마음에 너무 예민해진 것 아니겠소? 늦기 전에 일을 서두르는 것이 좋겠소이다."

연이어진 또 다른 복면인의 말에 모두가 고개를 끄덕였다.

그리고 이내 다시금 신형을 움직이려는 찰나!

전혀 뜻하지 않은 음성이 허공 어딘가에서 울리기 시작했다.

"흘흘흘흘. 그럴 필요 뭐 있겠는가? 예서 이 늙은이와 어울려 놀아 봄이 어떠한가?"

당연하게도 그 음성의 주인은 초노의 것이었다.

그리고 그 음성이 울린 순간 아홉 복면인들은 누가 먼저라 할 것 없이 자신의 절기를 사방팔방으로 쏟아 냈다.

콰콰콰콰쾅!

청색 강기가 너울거리며 노송을 베어 가는가 하면, 일공의 혈심지가 눈 쌓인 바위 한편을 흔적도 없이 녹여 버렸고, 삼공의 도 끝에서 인 풍압엔 십여 그루의 거목들이 그대로 잘려 나갔다.

또 어떤 복면인은 바닥을 향해 장력을 뿜어 커다란 구덩이를 만들었고 또 누군가는 사방 일 장의 눈을 순식간에 녹여 버릴 정도의 강맹한 반탄막을 뿜어냈다.

순식간에 천지가 요동치는 굉음만이 난무하게 된 상황!

하나 아홉 복면인 모두 각기 다른 방향을 향해 절기를 쏟아 냈다는 것을 깨닫고 더더욱 긴장한 눈빛이 될 수밖에 없었다.

이는 상대가 자신들 모두의 이목을 흐트려 놓을 정도의 능력을 지녔음을 의미하는 것, 아홉 복면인의 눈빛이 더더욱 치떨릴 수밖에 없는 상황이었다.

한데 정작 그 음성의 주인은 전혀 다른 곳에서 모습을 드러냈다.

산 아래쪽에서 오 척 단신의 초라한 모습을 드러낸 초노, 그는 허벅지까지 쌓여 있는 눈발을 힘겹게 헤치며 조금씩 복면인들을 향해 다가섰다.

복면 사이로 드러난 봉공들의 눈빛이 더더욱 흔들릴 수밖에 없었다.

이들 중 몇은 천하제일이라 불리는 쌍성조차 능히 감당할 수 있는 무위를 지닌 이들이었다.

한데도 눈앞에 모습을 드러낸 노인을 보며 말도 못하는 긴장감을 느껴야만 했다.

이만한 인물이 중원에 있다는 것은 들어 보지도 못한 일, 때마침 푹푹 들어가는 눈밭을 힘겹게 헤쳐 온 초노가 복면인들과 십 장 정도의 거리를 두고 걸음을 멈췄다.

"이 늙은이를 지나야 저 아래로 갈 수 있을 것이네."

일견하기에 초라하고 볼품없어 보이는 초노의 모습에서 이전까지 볼 수 없었던 거대한 존재감이 뿜어졌다.

마치 무형의 거미줄과도 같은 기이한 기운이었으며 그 기운이 실타래처럼 풀려나 아홉 봉공들 모두를 옭아매는 것만 같았다.

"누구냐?"

참지 못한 봉공 하나가 날카롭게 입을 열었다.

"헐헐헐. 누구라고 말해도 그대들은 알지 못하네. 뭣들 하는가? 입씨름이나 하려고 이 궂은 날씨에 모인 것은 아니지 않는가?"

초노의 대꾸는 너무도 여유로워 봉공들 모두를 한참이나 눈 아래로 여기는 것 같았다.

하나 그 내심은 또 달랐다.

'허허허! 이 녀석들이 바로 그 중살이란 놈들! 자칫 한 명이라도 내려보냈다간 큰 낭패를 볼 수도 있겠구나! 암천 그 녀석을 믿어 보는 수밖에…….'

초노가 이렇듯 정면으로 모습을 드러내며 아홉 봉공들을 자극하는 이유 역시 바로 그것이었다.

최대한 모두를 붙잡고 있으면서 시간을 끌어 주는 것.

곧 일각이 지날 터이니 암천이 움직일 수 수 있는 충분한 시간을 벌어 주고자 하는 것이었다.

하나 그것도 결코 쉽지 않은 일이 될 것이 틀림없었다.

이 날씨에 마차로 움직이는 것은 애당초 불가능한 일, 하면 과연 발걸음만으로 이들의 손길을 끝까지 피해 낼 수 있을까 하는 걱정이 초노의 뇌리를 가득 채웠다.

결국 그것도 불가능해 보이는 일, 스스로 이들을 모두 감당하지 못한다면 천추의 한을 남길 것이란 생각이었다.

그 때문인지 초노는 더욱더 오연한 눈길로 복면인들을 가로막고 섰으며, 심혼기를 최대한으로 끌어올려 복면인들을 자극해야마 했다.

하나 심혼기만으로 붙잡을 수 없는 상대란 사실은 그들을 첫 대면 하면서부터 충분히 느낄 수 있었다.

한 명이라면 모를까 아홉이나 되는 기세로 나뉜 심혼기가 거의 자신에 필적할 정도에 이른 존재들 모두를 붙잡고 있을 순 없는 일이었다.

때마침 복면인들 사이에서 날카로운 중년 여인의 음성이 터져 나왔다.

"닥치거라. 어디 그만큼의 재주가 있는지 이거나 받아보거라."

금정이란 이름을 지녔던 여인, 하나 이제 오공이란 이름으로 아미를 수호하며 살아가는 그녀의 손끝에서 십여 개나 되는 빛살이 뿜어졌다.

가히 눈으로 따를 수 없을 정도의 빠름이었다.

그 빛살의 정체는 손가락 길이의 대침이었다. 하나 내리는 눈발을 뚫고 날아가는 그 대침 하나하나에는 너무나 강렬한 기운이 서려 있었다.

그리고 그 순간 초노의 얼굴에도 급박함이 서릴 수밖에 없었다.

정면으로 날아들던 대침들이 갑작스레 시야에서 완벽하게 사라져 버렸기 때문이었다.

'과연! 감히 경시할 수 없는 이들!'

그 찰나의 순간 사라졌던 대침들은 초노의 십육방위를 완벽히 점하며 맹렬한 속도로 쏟아져 내렸다.

초노인 역시 사력을 다하지 않으면 안 될 순간임을 충분히 느끼고 있었다.

멸절신침이라 이름 붙은 오공의 절기는 그만큼 강력한 것이었다.

일공에게 혈섬지가 있듯이 다른 봉공들 모두 능히 무극지경에 근접함 절기들을 익히고 있는 것이다.

그렇게 오공의 멸절신침이 초노의 사혈을 점할 것 같은 급박한 찰나, 초노가 움직이기 시작했다.

"경수진기. 수막의 술!"

심혼기와 더불어 그 자신의 절기인 오행진기를 운용하기 시작한 것이다.

순식간에 초노인이 밟고 있던 눈밭에 돌개바람이 치솟아올랐다.

초노인의 전신을 휘감은 맹렬한 바람, 그것들은 내리던 눈발과 더불어 작은 폭풍으로 변하여 강렬하게 요동쳤다.

순간 오공을 비롯한 구대봉공들의 눈빛이 더없이 격렬

하게 떨렸다.

오공의 절기가 노인을 휘감은 눈보라와 함께 거짓말처럼 사라지는 광경에 혀를 내두를 지경이었다.

그리고 그중 초노의 무학을 알아보는 이가 있었다.

"설마! 환마의 오행진기?"

누군가의 음성에 또 다른 복면인들의 눈빛이 말도 못하게 흔들렸다.

까마득히 오랜 세월 전 강호에 거대한 혈겁을 일으켰던 이들 중 환마 불리던 여인이 있었다.

다섯 가지 오행의 기운을 부리며 그 어떤 공격도 무위로 돌려 버리던 가공할 능력을 지녔던 여인, 그녀의 무공이 바로 오행진기라 전해져 왔다.

하나 이는 전설처럼 회자되는 것일 뿐 그 후 수백 년이 지났으니 누구도 오늘 눈앞에서 그것이 재현될 것이라 예상한 이가 없었다.

능히 환우오천존과 견줄 수 있을 정도의 존재가 바로 환마라는 고수, 오늘 일진에 길보다 흉이 많을 것임을 모두가 새삼 느낄 수밖에 없었다.

그때 다시 초노의 도발이 이어졌다.

"흘흘흘흘! 제법 재미나는 재주들을 가졌구나. 또 다른 것도 보여 주거라. 네놈들 재주를 구경하는 것도 꽤나 즐거운 일일 터이니……."

다시금 이어지는 초노의 음성, 하지만 그 내심은 그 무엇보다 혁무린의 안위가 걱정될 수밖에 없었다.

*　　　*　　　*

눈발은 여전히 거침없이 내리는 저녁이었고 원단을 하루 앞둔 날인지라 유가장 역시 조금은 들뜬 분위기였다.

그 시각 청년들 또한 서가에 모여 있었다.

하나 평소와는 달리 서탁 위에 올라 있는 것은 커다란 술 항아리와 더불어 제법 잘 차려진 안줏거리들이었다.

예전이라면 언감생심 서가에서 술판을 벌일 생각조차 하지 않았을 연후였지만 청년들을 만난 뒤 많은 것이 변해 있었다.

그렇다고 해도 이 자리를 주도한 것은 당연히 혁무린이었다.

"자자! 어서 들자구! 동삼 형님께서 이 눈 속을 뚫고 멀리까지 가서 구해 온 거니까 말이야!"

늘 그렇듯 분위기를 주도하는 무린의 너스레에 오늘만은 다른 청년들 역시 그리 싫지 않은 표정들이었다.

"강이 네가 막내니까 우선 너부터 받아라."

"아……. 네!"

단목강이 주저하며 잔을 내밀자 무린이 은근슬쩍 농을

걸었다.

"너무 취하진 말고! 장내에서 주사라도 부렸다간 스승님께 당장 쫓겨날지도 모르니 말이다."

처음 술을 함께 마셨던 날의 일을 상기시키는 무린의 놀림에 단목강의 얼굴이 벌겋게 달아올랐다.

"형님! 자꾸 그러신다면 소제 다시는 술을 입에 대지 않을 것입니다."

앳된 얼굴이지만 그 표정이 무척이나 진지하여 정말로 평생 술을 안 마실 것처럼 입을 여는 단목강이었다.

"하하하! 알았다. 알았어. 그냥 농을 좀 한 걸 가지고 정색은. 자, 사다인 너도 받아라."

무린이 다시 사다인에게 잔을 권했고 이후 연후 역시 빈 잔에 술을 채웠다.

"무엇을 위해 건배할까?"

자리를 주도하던 무린이 다른 이들을 향해 물어왔는데 선뜻 먼저 입을 여는 이가 없었다.

잠시간 침묵이 이어지다 연후가 먼저 입을 열었다.

"너희들 모두의 건강과 안녕을 위해!"

연후의 음성에 모두가 고개를 끄덕이며 잔을 들었다.

"모두의 건강과 안녕을 위해!"

약속이나 한 듯 이어진 제창에 평소엔 말이 없던 사다인마저 동참했다.

그렇게 첫 잔을 비운 뒤 이번엔 연후가 잔을 따랐다.

"녀석! 이제 정말 술꾼이 다 된 거 같다."

그런 연후를 향한 무린의 농이 이어졌으나 연후는 지지 않고 맞받아쳤다.

"이렇게 만든 게 누군데 나를 탓하느냐!"

"하하하! 그럼 네가 술꾼이 된 게 나 때문이라는 거야?"

"누구 때문이면 어떠하냐. 벗이 있고 운치가 있으면 그것으로 족한 것을……. 군자라면 능히 풍류를 알아야 하는 법이 아니겠느냐?"

천생 유생과도 같은 연후의 말은 농담인지 진담인지 헷갈릴 정도로 진지하게 흘러나왔다.

다만 그 눈에 즐거움이 가득해 보이니 청년들 모두가 덩달아 기분이 들뜨는 것 같았다.

그 뒤로도 몇 순배 잔이 돌았고 전과 달리 청년들 모두는 쉽사리 기분 좋은 취기를 느끼게 되었다.

그런 분위기에 취했는지 평소라면 하지 못할 이야기도 서슴없이 꺼낼 수 있었다.

"모두들 고맙다. 너희들이 아니었다면 정녕 우물 안 개구리로 살았을 것이다."

연후의 그런 음성에 무린이 다시 나섰다.

"고마우면 나중에 잊지 않으면 되지. 너 자금성 구경시켜 주는 거 잊으면 안 된다. 부마가 되고 나서 나 몰라라 하면 두고두고 저주할 거다."

"알았다. 까짓 뭐 어려운 일이겠느냐."

연후의 흔쾌한 답에 무린의 입이 귀까지 찢어졌다.

때마침 단목강이 입을 열었다.

"성혼하시려면 아직 두 해나 더 남았다고 하지 않으셨습니까? 벌써부터 닦달하시면 어떡하십니까?"

"그런가?"

단목강과 혁무린의 대화가 오가는 사이 연후의 표정이 조금 굳어졌다.

그러곤 이내 굳은 표정으로 입을 열었다.

"아니다. 오는 단오절로 날짜가 바뀌었다."

뜻하지 않은 연후의 말에 가장 크게 놀란 것은 단목강이었다.

"네엣! 그렇게나 빨리요?"

단오절이라면 고작 다섯 달 남짓뿐이 남지 않은 시각이었다.

그러자 무린의 호들갑이 더해졌다.

"이야! 우리 귀여운 공주께선 다 자라지도 않았는데…… 이건 좀 너무한 거 아닌가?"

"뭐가 너무하단 말이냐?"

이제껏 잠자코 있던 사다인이 나서 핀잔을 주자 무린의

눈이 게슴츠레 하게 변했다.

"왜! 성혼을 하면 응응응을 해야 하는데…… 공주께선 아직 너무 어리지 않느냐! 연후 녀석 취향이 그쪽인가……."

무린이 어딘지 묘한 웃음을 지으며 연후를 바라보자 또다시 사다인의 한 소리가 이어졌다.

"하여간 네놈, 생각하는 거는 정말 못 말리겠다. 성혼을 앞둔 친우에게 고작 그딴 소리냐?"

하지만 무린도 지지 않고 응대했다.

"너 아직 총각이지? 네가 잘 몰라서 그러는데 부부 사이에선 응응응이 매우 중요하고 그런 거다."

마치 혼자만 어른인 양 어깨까지 으쓱하는 무린, 그러자 무슨 생각을 했는지 얼굴이 새빨갛게 변한 단목강이 참지 못하고 나섰다.

"형님! 어찌 그런 불경한 말씀을……."

"오호라! 네 얼굴을 보니 뭔가 상상을 한 거 같은데! 진짜 불경한 건 너 아니냐?"

곧바로 이어진 무린의 말에 단목강의 얼굴은 더욱 벌겋게 변해 타들어 가도 이상할 것이 없을 것처럼 보였다.

때마침 연후가 나서 단목강을 곤경에서 구해 주었다.

"황궁 쪽 일이 심상치 않은 듯하다. 조부님께서 황급히 일정까지 조정해야 하신 걸 보면……."

연후가 나직하게 말끝을 흐렸다.

그런 뒤 자칫 분위기가 우울하게 변해 갈 것만 같았다.

그러자 무린이 참지 못하고 나섰다.

"사람 사는 데야 어디든 다를까? 그나저나 연후 너 태청신단 먹은 은혜 잊으면 안 된다. 알지?"

"미친 녀석! 죽일 뻔하고도 그걸 은혜라고 말하는 거냐?"

앙숙이나 다름없는 사다인의 면박, 하나 무린이 질세라 목소리를 높였다.

"전화위복! 그런 말도 모르냐? 결국 복이 되었으니 당연히 은혜인 거지. 왜 너도 하나 구해다 줄까? 말만 해라. 진짜로 말하는데 우리 자부문에는 그런 영약 같은 엄청나게 많다."

하도 많이 들어서 이젠 허풍인지 진짜인지도 헷갈리는 무린의 이야기에 사다인은 대꾸할 생각이 전혀 없어 보였다.

"그나저나 이제 몇 달 뒤면 형님들과 이렇게 모이기도 힘들어지겠군요."

때마침 들려온 단목강의 음성에 화제가 자연스레 바뀌었다.

"누군가 그러더구나. 살아 있으면 만나게 될 사람은 만나는 법이라고."

금도산이 남긴 말을 되새기는 연후의 음성에도 진한 아쉬움이 묻어났다.

청년들이 유가장의 문하로 들어온 후부터 모든 것이 바뀌었지만, 고작 일 년도 안 되는 그 짧은 시각이 이전까지 살아왔던 시절보다 더욱 소중하게 여겨지는 느낌이었다.

"뭐 그렇게 어렵게 생각하냐? 이 담에 따로 약속 잡고 만나면 되지. 한 십 년 후쯤? 아니 그건 너무 멀고 한 오 년 후쯤이 좋겠다. 어때?"

전혀 예기치 못한 무린의 제안에 청년들 모두가 약속이나 한 듯 반색을 했다.

"좋은 생각이십니다. 형님."

"오랜만에 쓸 만한 말을 꺼내는구나."

"나도 좋구나. 그때 즈음이면 운신하기 어렵지는 않을 테니까 말이다."

단목강과 사다인, 그리고 연후마저 그리 나오자 입을 뗀 혁무린은 더욱 신이 난 얼굴이었다.

"그럼 언제 어디서 볼까?"

"시일은 오 년 후 단오절이 어떻습니까? 그러면 모두 모이는 데 딱 오 년이 되니까 말입니다."

"그거 괜찮은 생각인데……. 하면 그때 여기로 다시 모이자.”

단목강을 무린이 거들고 나섰는데 때마침 연후의 입이 열렸다.

“아니! 동정호로 하자!”

서책과 시구로만 알고 있는 동정호, 어린 시절부터 언젠가 유가장을 떠나게 되면 꼭 한 번 들러 보고 싶었던 곳이었다.

“좋다! 동정호! 어떠냐, 사다인?”

“나쁠 것 없다.”

“강이 넌?”

“저야 가까워서 좋습니다.”

“그래, 그럼 오 년 후 단오절 동정호다! 혹시라도 안 오는 녀석 있으면 알지? 평생 저주해 줄 테다.”

무린이 호들갑을 떨자 연후가 천천히 잔을 들었다.

“오 년 후 동정호를 위해!”

갑작스런 연후의 건배 제의였지만 청년들은 기다렸다는 듯 잔을 들었다.

“오 년 후 동정호를 위해!”

전에 없이 유쾌하기만 한 술자리가 그렇게 이어지고 있었다.

하나 그 시각 장원 밖에선 청년들의 화기애애함과는 전혀 다른 흉흉한 일들이 벌어지고 있었다.

*　*　*

초노와 구대봉공의 대치는 여전히 계속되었다.

길을 막고 선 단 한 명의 노인, 하나 이제 봉공들 중 누구도 함부로 출수를 하는 이가 없었다.

이미 눈앞에 자리한 정체 모를 노인의 능력을 충분히 짐작하고 있었기 때문이었다.

초노로선 전혀 나쁠 것이 없는 상황이었다.

그렇다고 봉공들 또한 조급해하거나 초조한 기색은 없었다.

다만 눈앞에 자리한 노인의 진실한 정체를 가늠하기 위해 모든 노력을 기울일 뿐이었다.

순간 초노의 음성이 봉공들을 향해 이어졌다.

"왜들 그러시나? 이러다 날 샐 것인가? 아니면 내뺄 생각이라도 하는 것인가? 하면 곱게 돌려보내 줄 의향도 조금은 있네만……."

짐짓 여유로운 음성이었으나 속내로는 정말 그렇게만 되었으면 좋겠다는 생각이었다.

하나 초노의 바람처럼 일이 진행될 수는 없는 일이었다.

"아미타불! 이미 되돌릴 수 없는 일! 선택의 여지가 있었다면 이 자리에 서지도 않았을 것이오."

"일공! 더 기다릴 것이 무엇이겠습니까? 차라리 한꺼번에 움직이는 것이 어떻겠습니까?"

상대의 강함을 아는지라 봉공들 중 하나가 조심스레 의중을 내비쳤다.

하나 누구도 그 말에 동조하는 이는 없었다.

비록 정체를 감추고 세상에 자신을 드러낼 수는 없는 이들이었으나 그 뿌리가 정파에 있는 이들이었다.

아직 제대로 고하가 결정 난 상황도 아닌 터에 합공 따위를 펼쳐 상대를 몰아붙이려 하는 마음은 누구도 먹지 않았다.

지난 세월 벌였던 천인공노할 살업과는 달리 스스로 정파인이라 생각하는 것이 그들 구대봉공인 것이다.

"흘흘흘흘! 이거 기다리다가 얼어 죽겠구먼. 살려 주겠다는데도 굳이 마다한다면 노부가 먼저 움직여 주지!"

너무나도 스산하게 울리는 초노의 음성에 봉공들의 눈빛이 흔들렸다.

초노가 느릿하게 걸음을 떼었다.

그렇게 한 발 한 발 그의 걸음이 전방으로 이동할 때마다 기이하게도 그의 모습이 조금씩 사라져 가기 시작했다.

마치 눈밭 속에 흡수되어 가는 것처럼 형체가 흐릿하게

사라지는 초노의 모습, 봉공들의 눈빛에 더한 긴장감이 서렸다.

뽀드득! 뽀드득!

종국에는 모습이 완전히 사라진 뒤 눈 밟는 소리만 이어졌고 그 걸음은 점점 더 봉공들이 있는 장소와 가까워져 갔다.

그리고 이내 눈 밟는 소리마저 완전히 사라진 순간 초노의 음성이 쩌렁쩌렁하게 허공에 울려 퍼졌다.

"오늘 내 하늘 밖에 또 다른 하늘이 있음을 알려 줄 것이니라!"

너무나도 강렬하게 터져 나온 그 음성은 처음 초노가 등장했을 때와 마찬가지로 사방팔방에서 울리고 있어 그 진원지를 도저히 가늠할 수가 없었다.

하나 봉공들을 소스라치게 만든 것은 그 음성이 끝난 뒤 이어진 기괴한 공격 때문이었다.

주위의 노송들이 마치 살아 움직이는 괴물처럼 날카로운 속도로 가지를 내뻗기 시작한 것이다.

파파팟! 슈슈슈슈슛!

봉공들 모두를 집어삼키려는 듯 사방에서 밀려드는 나뭇가지들의 수는 도저히 헤아릴 수 없을 정도로 많았다.

봉공들 또한 움직이지 않을 수 없는 순간이었다.

연이어 봉공들의 절기가 사방으로 비산하기 시작했다.

어떤 이는 발목을 감아 오는 나무를 검기로 끊어 냈으며, 또 어떤 이는 강맹한 장력을 뿜어 통째로 거목을 태워 버리기도 했다.

그러한 상황이 닥치자 발군의 실력을 뽐낸 것은 삼공 육진풍이었다.

그가 도를 휘두를 때마다 공간이 뻥 뚫릴 정도의 강렬한 도풍이 일어 괴목들의 공격을 한꺼번에 날려 버리는 것이었다.

하나 그렇게 삼공을 비롯하여 분주히 움직이는 이들보다 더욱 존재감이 큰 것은 일공이었다.

그는 이 혼란 와중에도 마치 합장을 하듯 미동조차 하지 않고 서 있을 뿐이었다.

마치 석불이라도 된 듯 굳어진 일공, 그러던 어느 순간 복면 사이로 안광이 뿜어졌다.

"나무 위!"

일공의 손끝은 그 음성과 동시에 멀찌감치 떨어진 거송 위를 향하였다.

슛!

찬란하다고 표현해도 이상할 것이 없는 붉은 섬광이 그 손끝을 따라 뿜어졌고 그 순간 거송이 한 차례 격렬하게 흔들렸다.

혈섬지의 가공할 속도와 위력에 대경한 초노가 황급히

몸을 피하느라 남게 된 기척이었다.

그 순간을 놓칠세라 맹렬한 도풍을 뿜어내던 삼공이 신형을 날렸다.

마치 앞세운 도와 한 몸이 된 듯 쏘아지는 그의 신형은 실로 가공하다고 할 만큼 빠른 것이었다.

혈섬지를 피해 간신히 바닥으로 내려섰던 초노의 몸뚱이가 화급히 지면으로 사라진 것도 바로 그 순간이었다.

콰콰콰콰쾅!

육진풍의 도가 그 지면을 강타한 순간 마치 산자락 전체가 무너져 내릴 듯한 굉음이 터졌고 주변은 완전히 폐허로 변해 버렸다.

거의 삼 장 넓이의 산 거죽이 완벽히 헤집어진 상황이었으며 근 일 장 가까운 깊이의 구덩이가 파여 있었다.

그리고 그 깊은 구덩이의 안쪽에서 육진풍이 다시 도를 세웠다.

"실패인가!"

혼신을 다한 일도였다.

광도비천행(洸刀飛天行)이라 이름 붙어 있는 이 도신일체의 공격마저 피해 낼 줄은 예상치 못한 육진풍이었다.

그는 다시금 종적을 감춘 괴노인의 흔적을 찾기 위해 최고조로 기감을 끌어올려야만 했다.

한편 간신히 육진풍의 도를 피해 오 장 밖에 은신한 초노는 애써 마음을 가다듬고 있었다.

'정녕 쉽지 않은 놈들이로구나! 대체 이만한 녀석들이 어떤 이유로 복면 따윌 뒤집어쓰고 있는 것인지…….'

하나 지금은 그런 궁금증 따위가 중요한 것이었다.

놈들에게 약세를 보이면 자칫 그 화가 유가장으로 향할 수 있는 일.

초노가 다시 오행진기를 운용하기 시작했다.

무토진기 공진의 술!

은신하고 있던 땅바닥에 손바닥을 마주 댄 초노!

그 순간 다시금 복면인들이 기경할 일이 벌어졌다.

쿠쿠쿠쿠쿵!

지축이 뒤집어질 듯한 소리와 함께 사방에서 거대한 두더지가 땅을 헤치듯 복면인들이 자리한 곳을 향해 뻗어나기 시작한 것이다.

그뿐이 아니었다.

연이어 쩌저적거리는 소리와 함께 지면이 갈라지면 땅위의 모든 것을 송두리째 집어삼킬 듯한 거대한 지진으로 변모했다.

쌓인 눈으로 여기저기 부러진 노송들은 물론 산등성이 한편을 완전히 잡아먹을 듯 삼키며 생겨난 거대한 구덩이에 봉공들은 황급히 허공으로 신형을 띄워야만 했다.

그러곤 이내 착지할 곳을 찾기 위해 사방팔방으로 흩어져 내려야만 했다.

그때 일공의 음성이 터져 나왔다.

"모두 조심하시오! 놈은 우리가 흩어지길 기다릴 수도 있소!"

일공의 음성에 봉공들은 모두 더욱 긴장하여 미세한 기척이라도 감지하기 위해 최대한 기감을 끌어올렸다.

하나 그 순간 초노는 이미 강맹한 장력을 뿜어내던 육공의 발치 아래 도달해 있었다.

"잘 가게!"

난데없는 음성이 발치 아래에서 들려오자 육공은 대경하며 몸을 뒤집었다.

하나 그가 본 것은 한 줄기 차가운 빛이 전부였다.

그는 자신의 절기를 채 펼쳐 보지도 못하고 순식간에 죽음을 맞이해야만 했다.

순간 흩어졌던 봉공들이 육공을 향해 득달같이 달려온 것은 당연한 일, 하나 초노의 신형은 이미 완벽하게 사라진 뒤였다.

"육공!"

어린 시절부터 유난히 그와 절친했던 팔공이 피가 터지도록 소리쳤으나 그가 이미 죽었다는 사실이 변할 리가 없었다.

그렇게 죽은 육공의 모습을 확인한 일공의 눈빛이 다시 한 번 격렬히 흔들렸다.

"사신(死神)의 무학! 설마 혈루검(血淚劍)이란 말이더냐!"

그 음성을 들은 봉공들 모두 전신으로 밀려드는 오한을 참을 수가 없었다.

오랜 세월 전 무림을 공포로 떨게 만들었던 전설적 살수의 무공이 바로 혈루검이었다.

하여 환우오천존과는 또 달리 사신이라는 이름으로 남아 있는 그의 살인기학이 바로 혈루검이란 것이다.

죽은 이의 이마에 오직 눈물 같은 핏방울 하나만 남긴다 하여 그런 이름이 붙은 전설상의 살인기학.

"이노옴! 모습을 드러내거라!"

참을 수 없는 분노가 육진풍의 입에서 터져 나온 것도 그 순간이었다.

하나 초노가 움직여 줄 이유는 전혀 없었다.

그는 또다시 은신하며 기회를 엿볼 뿐이었다.

몸을 드러내 놓고 싸우기엔 버거운 상대들, 하나 귀혼검이라면 저들의 발걸음을 충분히 붙잡을 수 있을 것이라 생각했다.

강호엔 사신의 무학이라 알려져 있으니 그것 역시 천부밀경상에 존재하는 자부문의 무학이었다.

본래의 이름은 귀혼검, 심혼기와 더불어 펼치는 귀혼검은 그야말로 모든 어둠의 무학 중 최강이라 할 만한 것이었다.

다만 저들 중에 기감이 놀랍도록 뛰어난 이가 한 명 있어 운신에 더욱 조심을 기해야 한다는 생각이었다.

그러는 사이에도 여전히 눈발은 거세었고 어느새 폐허나 다름없던 야산의 흔적들 위로도 눈들이 쌓여만 갔다.

본격적인 싸움은 이제 막 시작된 것이다.

생과 사

서가에 모인 유가장 청년들의 술자리는 시간이 흐를수록 무르익어만 갔다.

참으로 오랜만에 가져 보는 편안함과 즐거움이 가득한 시간, 하나 뜻하지 않은 인물의 등장으로 술판은 산산이 깨져야만 했다.

서가의 문을 벌컥 열고 들어온 인물은 다름 아닌 암천이었다.

당연한 듯 단목강이 먼저 일어서 그를 맞았다.

"대주님! 대체 무슨 일이시길래……."

한눈에 보아도 보통 일이 아니라는 것을 짐작할 수 있었다. 청년들 역시나 몇 번이나 암천의 모습을 본 적이 있는지라 딱히 그의 등장에 놀란 것은 아니었다. 단지 그 눈빛에 이는 다급함만은 충분히 느낄 수가 있었다.

"소가주와 공자님들. 속히 피하셔야 합니다. 모실 터이니 당장 따르셔야 합니다."

너무도 예기치 않은 암천의 말에 청년들은 당혹해할 수밖에 없었다.

"대주님! 다짜고짜 그리 말씀하시면 어찌 알아듣겠습니까? 천천히 이유를 설명해 주셔야지요."

"이럴 시간조차 없사옵니다. 속하와 다른 호위들로서는 감당하기 힘든 적이 유가장을 노리고 있사옵니다."

암천의 음성은 더없이 다급했고 그제야 청년들도 분위기가 심상치 않다는 것을 새삼 인지했다.

때마침 무린의 음성이 암천을 향해 이어졌다.

"초노가 그리 말하던가요? 위험하다고요?"

웃고 떠들 때와는 또 다른 혁무린의 음성이었고 암천은 고개를 끄덕이는 것으로 답을 대신했다.

그러자 먼저 무린은 망설임 없이 청년들을 향해 입을 열었다.

"진짜 위험한 거야. 서둘러야 해!"

이전까지 경솔해 보이던 모습을 완전히 지운 혁무린의 음성에 청년들은 더욱 심각한 표정이었다.

암천과 무린의 대화만으로도 무언가 짐작되는 것이 있

는 터였다.

"조부님께선?"

"수하들이 모시러 갔습니다. 하니 서두르십시오. 눈 때문에 마차마저 이용할 수 없는 상황이니 꽤나 고된 여정이 될 것이옵니다."

암천의 음성에도 불구하고 연후는 걱정부터 앞섰다.

평소 조부의 성품을 아는지라 어떤 일이 벌어질지 몰라서였다.

"잠시만, 먼저 조부님을 뵈어야겠다."

연후는 잠시의 망설임도 없이 서가를 빠져나와 유한승의 거처로 향했고, 그러자 서가에 남게 된 청년들 또한 잠시 망설이다 연후의 뒤를 따랐다.

"이럴 시간이 없다니까요!"

암천이 그런 청년들을 다급하게 만류해 보지만 친우나 스승을 내팽개치고 제 살 궁리만 먼저 하는 이는 아무도 없었다.

그렇게 당도하게 된 유한승의 거처에선 나직한 음성이 흘러나왔다.

"내가 본가를 두고 가면 어딜 간단 말이더냐?"

"조부님! 괴한의 습격이 있을 것이라 하지 않습니까?"

"되었다. 하늘 아래 지은 죄가 없거늘 어찌 불충한 무리들 따위를 두려워하겠느냐? 너나 몸을 피하도록 하여라."

유한승은 그대로 자리를 지키고 앉은 채 움직일 줄을 몰랐다.

하나 연후가 조부를 홀로 남겨 두고 떠날 수 없음은 당연할 일이었다.

"조부님께서 아니 가시는데 저라고 어찌 조부님 곁을 떠나겠습니까? 하면 저도 조부님과 함께 있겠습니다."

연후의 고집스러운 말에 유한승의 눈빛이 흔들렸다.

그러곤 이내 더없이 인자한 음성을 내뱉기 시작했다.

"연후야! 이 노구를 이끌고 어찌 이 눈밭을 헤쳐 나가겠느냐? 너희들에게 짐만 될 것이다. 이 할아비의 마지막 부탁이라 여기고 부디 몸을 건사하거라."

이전까지 쉬 듣지 못했던 너무나 자애로운 음성, 하나 그 마음을 아는 연후가 쉬 그의 말을 따를 리 없었다.

"싫습니다."

연후가 한 번 고집을 부리면 도저히 꺾기 힘들다는 것을 아는 유한승인지라 내심으로 답답함이 차올랐다.

"연후야! 이 할애비가 지금 이 자리에서 혀를 깨무는 것을 보고 싶은 것이냐?"

전에 없이 강경한 조부의 음성과 눈빛, 하나 연후도 지지 않았다.

"정히 그러신다면 소손, 조부님 뒤를 따를 것입니다."

한 치의 양보도 없는 두 사람의 대화, 문밖에서 이를 지켜보던 단목세가의 무인들도 난감하긴 마찬가지였다.

그때 그들 사이를 뚫고 혁무린이 들어섰다.

"참나! 이럴 시간이면 벌써 동구 밖까지 갔겠네요. 연후가 스승님을 얼마나 끔찍이 생각하는데 여기 두고 가겠어요? 그러지 마시고 함께 가세요. 제가 업어 드릴게요! 네엣?"

다급한 상황에도 여유를 잃지 않는 무린의 음성이었다.

그때서야 무린의 뒤로 단목강과 사다인도 모습을 드러내 유한승에게 예를 표했다.

그런 뒤 뜻하지 않은 말을 꺼낸 것은 사다인이었다.

"스승님께서 남으신다면 저도 남습니다. 누군가를 피해 도망치는 건 체질에 맞지 않습니다."

그러자 단목강 역시 결심을 굳힌 듯 공손히 입을 열었다.

"저 역시 무가의 핏줄! 등을 내보이라 배우지 않았으니 스승님 곁을 지킬 것이옵니다."

두 사람 모두 연후와 뜻을 보태었고 그런 두 청년을 보는 연후의 눈길에 더없는 정이 느껴졌다.

그러자 마지못해 입을 여는 이가 있었다.

"이거…… 진짜 위험한 상황인데…… 에휴! 어쩔 수 있냐? 그럼 나도 남지 뭐!"

누구보다 심각함을 아는 혁무린, 하나 그 음성에는 아직 충분한 여유가 있어 보였다.

그렇게 청년들마저 합심하여 연후를 거들자 유한승 역시 마음이 동할 수밖에 없었다.

그간 쌓인 정이 남다른 청년들이 한데 모여 청하는 상황, 마냥 고집만 피울 수가 없는 것이다.

뒤늦게 당도한 암천이 이 상황을 보며 참지 못하고 소리쳤다.

"목숨이 오락가락합니다! 자칫 모두가 위험할 수도 있는데 이렇게 지체한단 말입니까?"

암천의 음성은 귓가를 쩌렁쩌렁 울릴 정도로 커다랬고, 그제야 유한승도 마지못해 노구를 일으켰다.

"길을 떠나자면 의관을 먼저 정제해야 할 것이다. 다들 나가 있거라."

평생을 유학자로 살아온 그의 음성에선 도무지 다급함을 찾을 수 없었다.

하나 함께 간다 하니 연후나 다른 청년들의 얼굴에는 짙은 안도감이 묻어났다.

그 상황에서도 똥줄이 바짝 타들어 가는 것은 오직 암천뿐인 듯했다.

그도 그럴 것이 북경에서 보내온 세가의 무인들은 상황

을 정확히 인지하지 못하고 있을 뿐더러 일류라고 말할 수 있는 무인들이 아니었다.

관병들이나 마적 떼 따위라면 몰라도 초노인이 위험하다고 말한 이들로부터 지켜 내기엔 역부족인 이들이 틀림없었다.

이런 상황에 유한승이나 청년들은 지금 얼마나 위험한지 모르는 것 같아 가슴이 답답하기만 했다.

"제발 좀 빨리……."

암천의 숨넘어갈 듯한 소리가 그렇게 목구멍 안을 맴돌았다.

* * *

육공의 시신을 둘러싼 채 서 있는 봉공들의 눈빛은 너무도 복잡하였다.

누군가는 분노로 타들어 갈 듯했고, 누군가는 의문만을 지우지 못하는 눈빛이었고, 또 누군가는 전에 없는 긴장감으로 넘쳐났다.

남은 여덟 명의 봉공들 모두 이 같은 상황을 전혀 예기치 못했던 터라 쉬 무언가를 판단하기 힘들었다.

정체불명의 상대 괴노인은 벌써 전설로 내려오는 두 가지 무학을 선보였다.

환마의 오행진기와 더불어 사신의 혈루검까지.

하나 언제까지 이대로 암습에 대비하고만 있을 수도 없는 상황이었다.

“무언가 이상하외다. 놈의 목적은 아무래도 우리의 발길을 붙잡아 두려는 것처럼 여겨지외다.”

평소 가장 깊은 혜안을 보여 왔던 이공의 음성이었다.

그제야 이제껏 초노를 상대하는 것에 모든 것을 집중해 왔던 봉공들의 눈빛이 일변했다.

“허면 도주할 시간을 벌고자 한단 말씀이오?”

“아마도…….”

“그럼 어찌해야겠소?”

“괴인을 끄집어내기 위해선 두 패로 나뉘어야 할 것 같소이다. 우리가 먼저 유가장을 향해 움직이면 괴인 역시 모습을 드러낼 수밖에 없을 것이오.”

“좋소! 내 앞장서겠소이다.”

“아니, 선두는 사공과 오공, 그리고 칠공이 맞는 것이 좋을 것 같소이다. 다른 분들은 그들을 호위하며 이동하는 것이 나아 보이오.”

한참이나 은밀하게 이어진 봉공들의 전음.

그리고 이내 완전히 결단을 내린 듯한 눈빛들이었다.

그 잠시 뒤 봉공들 중 누군가 육공의 시신을 향해 강렬한 일장을 날렸고 순식간에 그의 시신은 형체조차 찾기 힘들 정도로 흩어져 버렸다.

“아미타불!”

“무량수불!”

“시신조차 온전히 묻어 주지 못하였구려!”

“극락왕생을 빌 수조차 없으니 먼저 지옥에 가 기다리시구려. 머잖아 볼 수 있을 것이오.”

저마다 한마디씩을 내뱉은 봉공들이 이내 신형을 돌렸다.

그러곤 약속이나 한 듯 일제히 신형을 날리기 시작했다.

파팟!

그 순간 세 명의 인영이 쏜살같이 산 아래를 향해 쏘아졌고, 그 뒤 십여 장 정도 거리를 두고 다른 봉공들이 움직였다.

상황이 그리되자 은신하여 있던 초노의 눈빛에도 다급함이 서릴 수밖에 없었다.

‘아뿔싸! 결국…….’

자신의 의도가 간파당했음을 깨달은 초노, 이제는 선택의 여지가 없었다.

이대로 저 셋만 내려보낸다고 해도 유가장 안에 살아남을 이가 없을 것이니, 결국 온전히 모습을 드러내지 않을 수 없는 상황이 닥친 것이다.

그리 결정을 내린 초노의 신형이 선두를 질주하던 세 봉공 앞에 나타난 것은 그야말로 찰나의 순간이었다.

그와 동시에 다시 한 번 기괴한 일이 벌어지기 시작했다.

천지를 뒤덮고 있던 눈발이 허공으로 거세게 뭉쳐지며 마치 수천, 수만 자루의 비도처럼 변한 것이다.

그리고 그 설검은 세 봉공을 향해 맹렬하게 휘몰아쳐 갔다.

경수진기 수검의 술!

그것이 지금 초노가 펼친 기경할 무학이었다.

세 봉공 모두 대경하여 황급히 신형을 멈춘 채 호신강기를 끌어올려야만 했다.

그 위로 설검들은 쉼 없이 부딪혀 갔다.

퍼퍼퍼퍼퍽! 퍼퍼퍼퍼퍽!

도무지 끝을 헤아릴 수 없을 정도의 설검이 그렇게 복면인들이 만든 탄구에 부딪힌 뒤 눈발로 변해 흩어져 내렸다.

절정에 이른 봉공들의 반탄강기는 결코 호락호락하지 않았다.

복면인들은 그렇게 쉽사리 초노의 공세를 막아 내는 듯 보였다.

하나 그것이 그들의 착각임을 아는 데는 그리 오래 걸

리지 않았다.

반탄강기를 형성하던 지면 아래로 순식간에 솟아난 초노의 손끝에서 한 줄기 섬광이 뻗어나간 것이다.

팟!

구대봉공 중 점창의 칠공이 그렇게 비명조차 한번 내지 못하고 숨이 끊겼다.

설검을 막기 위해 모든 것을 집중하고 있던 다른 두 봉공들의 시선이 흐트러진 것은 당연한 일, 때를 놓칠세라 초노의 신형이 날아드는 설검들과 함께 또 다시 빛살처럼 뻗어 나갔다.

호신강기를 잔뜩 끌어올린 채 설검을 튕겨 내던 사공의 눈에 급박함이 서린 것도 잠시.

초노의 손끝에서 뻗어간 한 줄기 섬광 같은 기운은 반탄막을 뚫고 그대로 사공의 이마를 관통했다.

실로 순식간에 벌어진 일이었다.

아미파의 오공마저 당혹스러움을 감추지 못하는 순간 초노는 다시 한 번 몸을 틀어 그녀를 향해 쇄도해 들어갔다.

하나 그 같은 공격은 더 이상 통용될 수 없었다.

"이놈!"

노호와도 같은 삼공 육진풍의 대성과 함께 그의 신형이 한 줄기 강렬한 도풍이 되어 휘몰아쳐 왔기 때문이었다.

초노는 아쉬운 듯 오공을 바라본 뒤 재빠르게 몸을 숨겨야만 했다.

쾨콰콰쾅!

초노가 있던 자리로 일진광풍이 휘몰아쳤고 다급한 삼공의 모습이 드러났다.

때마침 천지를 가득 메우고 있던 설검도 모두 사라졌으며 오공이 비틀거리며 간신히 신형을 세웠다.

상대적으로 다른 봉공들보다 내력이 약한 그녀이기에 본신의 진기가 썰물처럼 빠져나간 충격을 받고 있는 것이다.

만일 삼공 육진풍이 제때 도와주지 않았다면 생명이 위험했을 순간이었다.

"괜찮소?"

나직하게 이어진 삼공의 말에 그녀는 냉랭히 답할 뿐이었다.

"생사대적을 앞에 두고 어디다 한눈을 파는 건가요? 본녀에게 신경 쓸 것 없어요!"

내리는 눈발처럼 차갑기만 한 그녀의 태도, 육진풍은 씁쓸함을 지우며 애써 그녀를 외면해야만 했다.

그렇게 육진풍의 시선이 사공과 칠공의 시신을 향하는 동안 다른 봉공들 역시 황급히 그 자리에 도착했다.

그런 봉공들의 눈빛에는 더없이 짙은 어둠이 서릴 수밖에 없었다.

정체 모를 괴인에게 벌써 셋이나 당해 버린 상황, 그들의 눈에도 이제 노기가 서리지 않을 수 없었다.

남은 여섯 봉공들의 눈빛에선 맹렬한 적의가 불타올랐다.

하나 그 시각 초노는 이미 그들과 한참이나 떨어진 곳에서 진기를 회복하고 있었다.

오행진기와 귀혼검을 동시에 펼쳐 냈으니 그 역시 무리가 따르지 않을 수 없었다.

하나 고작 셋을 잡은 것으로 안도할 수는 없는 상황.

남은 이들은 아직 여섯이나 되고 그들 중 적어도 셋은 일대일로 상대한다 해도 결코 쉽지 않은 상대였다.

다만 귀혼검을 믿어 볼 수밖에 없다는 생각이었다.

하나 초노의 기대는 여지없이 엇나가고 말았다.

여섯 복공들이 각기 셋씩 무리를 나뉘어 순식간에 산자락 아래를 향해 쏘아졌기 때문이었다.

같은 공격에 두 번 당할 정도로 녹록한 이들이 아님을 잘 아는 초노!

'한쪽은 포기하고 최대한 빨리 저놈들을 잡는다!'

초노의 눈빛이 이공과 삼공, 그리고 오공이 함께 이동하는 우측 산자락을 향했다.

봉공들 중 가장 부담스러운 존재는 왼편으로 사라진 무리에 끼어 있었다.

그에겐 동화되어 있는 자신의 은신마저 감지해 내는 능력이 있었다. 은연중 복면인들 무리 중 수장으로 보이던 이. 그는 가급적이면 최후의 순간에나 마주해야 한다는 판단이었다.

초노의 신형이 어느새 우측 산자락을 타 내려가던 삼공과 이공 앞에서 불쑥 솟아올랐다.

하나 삼공은 이를 기다리기라도 한 듯 매서운 공세를 뿜어냈다.

삼공 육진풍의 도가 초노를 향해 뻗어 나왔다.

"놈!"

강렬한 일갈과 함께 도 끝에서 이는 맹렬한 광풍!

도기도 도강도 아닌 풍압만으로 거목을 송두리째 베어 내던 무시무시한 공격이 그렇게 다시 한 번 초노를 향해 휘몰아쳐 오는 것이다.

하나 모습을 내비쳤을 때는 그만한 대비책이 있는 법.

초노는 다시금 오행진기를 운용하기 시작했다.

무토진기 공벽의 술!

쿠쿠쿠쿠쿠쿵!

순식간에 지면이 들썩이며 거대한 흙기둥들이 치솟아올랐다.

그렇게 하늘을 꿰뚫어 버릴 것처럼 치솟는 거대한 흙기둥을 향해 육진풍의 강렬한 도풍이 부딪혀 왔다.

콰콰콰콰쾅!

엄청난 굉음과 함께 사방팔방이 흩어져 내리는 흙더미와 눈발로 그 주변은 순식간에 아수라장으로 변해 버렸다.

하나 그 순간 초노의 신형은 어느새 그 난장판을 지나 이공의 지척에 이르러 있었다.

이공의 눈빛이 날카롭게 일변하는 순간이었다.

그의 무위는 앞서 당한 봉공들과는 차원이 달랐다. 더구나 괴노인이 기척까지 드러낸 상황에 두려울 이유는 없었다.

순식간에 그의 검 끝으로 맹렬한 기운들이 뭉쳐졌다.

우우우웅!

푸릇한 기운들은 이내 강렬한 청광으로 변하는 찰나 초노의 손끝에서도 한 줄기 차가운 빛살이 뿜어졌다.

이공의 눈이 치떨렸다.

자신의 검강보다 더욱 빠르게 뻗어 오는 믿지 못할 기운, 하나 이공은 그것이 마치 대침을 커다랗게 늘려 놓은 듯한 기문병기임을 확인할 수 있었다.

검강을 그대로 괴노인을 향해 뻗자면 자신 역시 숨이 끊어질 수밖에 없는 급박한 상황!

하는 수 없이 검강의 궤적이 틀어져 날아드는 초노의 공격을 향해야만 했다.

콰쾅!

공력과 공력의 싸움, 하나 단번에 보기에도 큰 낭패를 본 것은 이공이었다.

놀랍게도 괴노인의 기병이 검강에 부딪힌 순간 갑작스레 기다랗게 늘어나 어깻죽지를 관통해 버린 것이다.

"크윽!"

복면을 뚫고 이공의 신음이 터져 나왔다.

하나 초노 역시 무사하진 못한 상황이었다.

무리한 진기의 운용, 거기다 검강과 귀혼검이 부딪힌 충격마저 고스란히 떠안은 상황이니 결코 온전할 수가 없었다.

그리고 그때를 기다렸다는 듯 육진풍의 매서운 도풍이 휘몰아쳐 왔다.

"죽어라!"

거센 살기와 더불어 흉폭하게 울리는 그 음성에 담긴 분노는 세상 모든 것을 짓이겨 놓을 것만 같았다.

잠시간 피할 여력마저 상실한 초노가 하는 수 없이 다시 오행진기를 끌어올렸다.

경금진기 탄강의 술!

초노는 두 팔을 모은 채 몸을 웅크리며 삼공의 도풍을

맨몸으로 받아 냈다.

콰쾅!

거대한 폭음이 울리고 초노의 신형이 튕겨진 것은 너무나 당연한 결과였다.

맥없이 날아가는 괴노인을 확인하고 나서야 삼공의 살기도 어느 정도 누그러들 수 있었다.

광도의 도풍을 맨몸으로 받을 수 있는 자가 없음은 자명한 일, 더군다나 튕겨지는 괴노인의 몸에서 한 올의 생기도 느껴지지 않으니 그의 죽음을 추호도 의심치 않은 것이다.

하나 그 순간 삼공의 눈빛은 더없이 격렬하게 흔들릴 수밖에 없었다.

돌덩이처럼 허공으로 튕겨지던 초노의 신형이 어느 순간 갑작스레 휘돌더니 그대로 오공을 향해 쇄도해 들어갔기 때문이다.

마치 이 상황을 노리기라도 한 듯 튕겨지는 속도까지 배가시킨 초노의 신형은 너무나도 빨랐고, 누구도 이 공격을 예상한 이가 없었다.

오공은 황급히 양손을 휘저으며 멸절신침을 뿌렸으나 당황한 그녀의 공력이 처음 출수 때와 같을 수는 없었다.

그 순간 초노의 귀혼검이 날아들던 멸절신침을 향해 뻗

어갔다.

티티티티팅!

멸절신침이 마치 자력에라도 이끌린 듯 맥없이 귀혼검에 달라붙는 소리였다.

그렇게 나직한 금속음이 몇 번 울린 뒤에도 초노의 귀혼검은 그대로 뻗어나가 오공의 심장을 관통했다.

"흑!"

외마디 비명이 복면 사이로 토해졌고 그 잠시 동안은 초노 역시 움직일 힘마저 없는지 그녀 앞에 신형을 멈추어야만 했다.

순간 두 사람을 향해 너무나 처절한 음성이 이어졌다.

"안 된다!"

육진풍이 절규를 내뱉으며 쇄도해 들어왔으나 이미 금정의 눈은 생기를 잃기 직전이었다. 더구나 초노의 신형은 다시금 지면을 박찬 뒤 마치 거짓말처럼 그 옆 쪽에 자리한 나무속으로 사라진 뒤였다.

콰쾅!

초노가 사라진 거송을 향해 강렬한 도풍이 휘몰아쳤으나 육진풍은 이제 초노에겐 신경 쓸 겨를 조차 없었다.

그는 오로지 오공을 살피는 데 여념이 없었다.

"아니 되오! 아니 된단 말이오! 금정! 금정!"

이미 쓰러져 버린 오공을 붙잡고 과거의 이름을 부르는 육진풍의 음성은 처절하기만 했다.

순간 그녀의 음성이 떨리며 흘러나왔다.

"육 가가……."

무려 이십여 년 만에 다시 듣게 된 이름이었다.

육진풍은 가쁜 숨을 내쉬는 오공 금정의 복면을 벗겨 내려 했다.

하나 그녀는 남은 힘을 쥐어짜 삼공의 손을 붙잡았다.

"보여 드리고 싶지…… 않아요……. 이렇게 늙어 버린…… 모습……."

하지만 육진풍은 개의치 않고 복면을 벗겨 냈다.

이윽고 드러난 그녀의 얼굴, 반백이 되어 버린 머리칼과 더불어 곱기만 하던 눈가 여기저기에도 주름이 가득했다.

하나 그것은 꿈에도 그리워하던 그녀의 모습이 분명했다.

이십 년 세월을 한결같이 소망하며 그리던 얼굴…….

육진풍의 손길이 그녀의 얼굴을 조심스럽게 매만졌다.

"보기…… 흉하죠……. 이렇게나 변해 버렸는데……."

"아니다. 너는 아직 이리도 곱기만 하구나."

"가가의 얼굴…… 보고…… 싶어……."

육진풍이 황급히 복면을 벗었다.

복면 안에선 눈매가 조금 매서울 뿐 어느 길에서나 흔히 볼 수 있을 법한 노인의 모습이 드러났다.

하나 그 얼굴을 향해 손길을 내미는 금정의 떨림은 이루 말을 할 수가 없었다.

"가가께서도…… 변치 않으셨군요……."

"말을 아끼거라. 제발……."

"가가! 마지막 부탁이……."

"아니 된다. 이리 가서는…… 그냥 떠나자꾸나. 그래 아무도 없는 곳을 가자꾸나. 그렇게 하자. 너를 잃는다면 사문이…… 그런 것이 다 무슨 소용이란 말이더냐."

육진풍은 몰아치는 회한을 거침없이 토해 냈다.

하나 금정의 눈빛은 어느새 차분히 가라앉았다. 그것이 죽음 직전에 나타나는 회광반조의 현상임을 직감한 육진풍은 더욱 거세게 그녀의 손을 붙잡았다.

때마침 그녀의 음성이 다시 떨리며 흘러나왔다.

"그러지 마세요…… 그러면 우리 지나온 시간들이 다 무엇이…… 되겠어요……. 제 마지막 부탁 꼭…… 들어주셔야 해요……."

"무엇이든, 내 무엇이든 해 줄 것이다."

"그리…… 어려운 일은 아니에요……. 절…… 소진 그 아이 곁에 묻어……."

금정의 눈가에 이슬 같은 물방울이 맺혔다.

"미안하고…… 또 미안하다. 그 아이를 지켜 주지 못해서."

죽는 순간까지 먼저 간 제자를 생각하는 그녀의 마음에 육진풍은 더욱 죄스러운 마음이었다.

유난히 눈물이 많던 아이, 왜 하필 이런 아이를 봉공으로 거두었을까 하는 원망까지 들게 하던 아이였다.

굳이 금정 때문이 아니라도 지켜 주지 못한 마음은 죽는 순간까지도 떨쳐 낼 수 없을 것만 같았다.

그때 전혀 예기치 못한 오공 금정의 음성이 이어졌다.

"소진…… 그 아이…… 가가와 저의…… 핏줄……. 소진은…… 작은 진풍이란 뜻……."

살아서는 도저히 내뱉지 못할 것 같던 그 마지막 말을 끝으로 그녀의 한 서린 생도 끝이 나고 말았다.

하나 삼공은 도저히 그녀를 이대로 보낼 수가 없었다.

천청벽력과도 같은 말을 그렇게 남기고 떠나 버린 그녀를 붙잡고 그는 울부짖지 않을 수 없었다.

"금정! 그게 무슨 말이냐! 소진이 우리의 핏줄이라니…… 눈을 떠라! 제발 눈을 떠!"

하나 이미 죽은 이가 살아 돌아올 수는 없는 일.

통곡하는 육진풍의 신형 곁으로 이공이 다가왔다.

그 역시 적지 않은 상처를 입은 상황에다 언제 또다시 괴노인의 공격이 이어질지도 모르는 일이었다.

하니 마냥 죽은 이를 부여잡고 있을 수 없는 것이 자명한 상황.

하나 이공은 차마 삼공 육진풍을 만류할 수 없었다.

다만 묵묵히 주위를 지키며 그의 오열이 잦아들기를 말없이 기다릴 뿐이었다.

그사이 거세게 내리던 눈보라는 점차 잠잠해지기 시작했으나 시리도록 불어오는 바람만은 더욱 매서워져 갔다.

해후

유가장의 식솔들과 청년들이 매화촌을 벗어나는 일은 전적으로 암천이 주도했다.

목적지는 북경에 있는 천하상단의 지단, 그곳까지만 도착하면 최소한의 안전을 확보할 수 있단 것이 암천의 판단이었다.

하나 북경까지는 급히 말을 달려도 세 시진은 족히 걸리는 거리였다. 하니 유가장의 식솔들 모두가 이 눈밭을 헤치고 북경까지 당도하려면 밤을 새도 한참이나 모자랄 수밖에 없었다.

그사이 적도들이 들이닥친다면 누구 하나 살아남기는 요원한 일이 될 것이 틀림없는 상황, 암천은 한 가지 꾀를

낼 수밖에 없었다.

유가장의 하인들을 단목세가의 무인들과 더불어 세 무리로 나눈 뒤 각기 다른 방향으로 흩어지게 한 것이다.

당연히 유가장주를 비롯한 청년들과 자신이 한 무리를 이루었다.

초노인조차 감당하기 어렵다는 적이었다. 어차피 마주치게 된다면 살아날 길을 찾기 어려울 터이니 최대한 빨리 움직이는 것에 모든 것을 걸고자 하는 것이다.

하나 깊게 쌓인 눈 때문에 경공마저 펼치기 쉽지 않은 날이었다.

천만다행인 것은 단목강과 사다인의 걸음이 능히 자신을 따라올 만하다는 것이었고, 평소 샌님으로 보아 왔던 연후 역시 그 걸음이 크게 뒤처지지 않는다는 사실이었다.

다만 연로한 유한승과 한사코 연후를 따르겠다고 이 무리에 끼인 하인 동삼, 그리고 연신 헉헉거리며 눈발을 헤집는 혁무린이 문제일 뿐이었다.

그래도 천운이 따르는지 눈발이 거세게 휘몰아쳐 지나온 족적들을 말끔히 지워 주고 있다는 것이 위안거리였다.

적들의 능력이 아무리 대단하다 한들 이 날씨에 그 종적을 찾기란 결코 쉽지 않을 것이란 생각이었다.

암천은 앞서 나가면서도 뒤따르는 이들을 쉼 없이 독려하며 길을 열었다.

"모두들 조금 더 힘을 내십시오!"

"헉헉! 대관절 원단이 코앞인데 이게 다 무슨 날벼락이래! 연후 도련님! 대체 이게 무슨 일이랍니까?"

뒤처진 채 따라오는 동삼의 입에서 투덜거리는 음성이 새어 나왔다.

하나 연후는 동삼의 의문을 해결하기보단 힘겹게 노구를 움직이는 조부 걱정이 앞섰다.

"업히십시오. 이러다 정말 탈이라도 나시겠습니다."

"괜찮다. 아직 거뜬하니 힘에 부치면 이야기하마."

벌써 한 시진 가까운 시간 동안이나 눈발을 헤치고 있었다. 동삼 같은 정정한 사내도 입에 단내를 풍길 지경인데 조부의 몸 상태가 온전할 리 없었다.

하나 유한승은 한사코 스스로의 힘으로 걸음을 옮겼다.

이를 보다 못한 단목강이 나섰다.

"대주님! 좀 쉬어 갔으면 합니다."

암천이 고개를 돌려 상황을 살피니 마냥 나아갈 수만은 없어 보였다.

아직 가야 할 길이 많이 남았으니 잠시 쉬어 가는 것도 나쁘지 않은 판단이란 생각이었다.

한데 그 상황에 뜻밖에도 무린이 나섰다.

"안 돼! 지금 움직여야 돼! 곧 눈이 그쳐. 그러면 흔적이 고스란히 남게 돼! 그 전까지 최대한 멀리 벗어나야만 해!"

도저히 그칠 것 같지 않은 눈발 속에서 이어진 무린의 말, 평소라면 못미더워했을지도 모르나 그 눈빛이 너무나 진중해 누구 하나 의심의 눈초리를 보내는 이가 없었다.

그리고 그 순간 가장 당혹해한 것은 암천이었다.

"혁 공자! 그것이 정말이오? 곧 눈이 그친다는 것이?"

만일 그리 된다면 큰일이 아닐 수 없었다.

이제껏 눈발이 뒤덮어 주던 족적이 고스란히 남게 된다는 말, 그 흔적의 일부만 발견되어도 흉수들을 피할 길이 없어지는 상황에 처하게 된 것이다.

암천은 부디 혁무린의 말이 사실이 아니길 바랐지만 평소와는 달리 혁무린은 말없이 고개를 끄덕이는 것으로 답을 대신했다.

결국 암천은 결단을 내려야만 했다.

조금 무리가 가더라도 눈이 그치기 전 최대한의 속도로 이동해야 한다는 판단이었다.

"이제부터는 경공을 써야겠습니다. 눈이 그치기 전까지 최대한 벗어날 것입니다. 하니 경공이 가능한 분은 한 분씩 맡아 업으셔야 합니다."

암천의 음성이 자못 비장하게 흘러나왔고, 때마침 기다렸다는 듯 혁무린이 입을 열었다.

"나는 사다인!"

심각한 상황과는 달리 반쯤 농이 섞인 그 음성에 사다인의 눈빛이 꿈틀했다.

왜 하필 나냐고 반문하는 것만 같은 눈빛, 무린이 특유의 너스레를 떨었다.

"스승님은 저 대주님이 맡으셔야 하니까 그렇고, 강이 녀석은 너무 작잖아. 또 연후는 무공 익힌 지 얼마 안 되었으니까 제 한 몸 움직이는 것도 버거울 거 아니냐! 하니 남는 사람은 너 하나잖아. 그리고 사다인 네 등판이 가장 넓잖아."

무린은 누가 누구를 업어야 할지 정리라도 하듯 입을 열었다.

하나 그의 말이 틀린 것이 없어 자연스레 그 말을 따르게 되었다.

유한승 역시 이번에는 차마 거절치 못하고 암천의 등에 업혔고, 혁무린은 사다인의 등 뒤에 철썩 달라붙었다.

하지만 하인 동삼과 연후, 그리고 단목강 사이에선 작은 실랑이가 벌어질 수밖에 없었다.

"아이고! 어찌 소인이 단목 공자님 등에 업힙니까? 죽으면 죽었지……."

동삼이 자신보다 머리 반 개는 작은 단목강을 보며 완강히 거절하자 연후의 눈빛이 매섭게 변했다.

마음 같아선 자신이 직접 그를 업고 싶으나 불행히도

따로 배운 경공이 없었다.

다만 염왕진결의 내력 덕에 지치지 않고 뛸 자신이 있으니 의당 동삼은 경공에 능한 단목강의 몫이 될 수밖에 없는 상황인 것이다.

그런 것을 알 리 없는 동삼을 향해 연후의 질책이 이어졌다.

"이런 상황에 죽는다는 말 같은 걸 함부로 하다니. 얼른 업히기나 해! 너 때문에 시간 지체되는 거 모르겠어?"

청년들을 대할 때보다도 더욱 격의 없는 연후의 음성이 그리 이어지자 동삼도 결국 마지못해 단목강의 등에 몸을 내맡겼다.

그것을 확인한 암천이 소리쳤다.

"최대한 빠르게!"

암천이 눈밭을 박차고 앞으로 쏘아지자 기다렸다는 듯 사다인이 그 뒤를 따랐다.

그 후 단목강 역시 순식간에 일 장여를 뻗어 나갔는데 마침 등 뒤에 매달린 동삼의 비명이 터져 나왔다.

"우어어어어!"

그것을 지켜보며 잠시간 희미한 미소를 머금었던 연후 역시 황급히 그들을 따르기 시작했다.

그런 연후의 걸음 역시 날래기 이를 데 없었다.

그렇게 암천을 선두로 한 일행의 움직임은 거침없이 나

아갔다.

그리고 그사이 무린의 말처럼 서서히 눈발이 잦아들고 있었다.

그렇게 이어지던 일행의 재빠른 이동이 멈춘 것은 근 반 시진이 다 되어 갈 무렵이었다.

암천을 제외하고 대부분 숨을 헐떡거릴 정도로 쉼 없이 내달리기만 했고 그때는 이미 지독하던 눈발이 거짓말처럼 사라진 후였다.

원단을 앞둔 날인지라 달빛마저 찾아볼 수 없는 시각, 암천 일행은 상대적으로 눈이 얕게 쌓인 거목 아래 머물며 잠시간 숨을 고르며 휴식을 취할 수밖에 없었다.

최소 매화촌에서 삼십 리 이상은 벗어난 듯하여 어느 정도 마음이 놓인 암천이었다.

하나 백여 리를 가자면 아직도 까마득한 시간이 걸릴 일이었다. 한정 없이 여유가 있는 것은 아니란 판단이었다.

그렇게 잠시 동안 청년들이 어느 정도 신색을 회복하자 암천이 다시금 길을 재촉하기 위해 몸을 일으켰다.

하나 암천은 그 자리에서 돌덩이처럼 굳어질 수밖에 없었다.

거목 위에서 아래를 내려다보고 있는 복면인의 모습을 발견했기 때문이었다.

"덕분에 잔뜩 애를 먹었구나!"

너무나 스산하게 들려오는 음성, 그 음성의 주인은 당연히 봉공 중 한 명의 것이었다.

청년들 모두가 황급히 일어서 더없는 경계의 눈초리를 보낸 것도 당연한 상황.

하나 그 순간 거목의 꼭대기에 선 채 그들을 내려다보는 팔공의 눈빛에는 한 줄기 회한이 스쳐 갔다.

"참으로 길고도 모진 날이로구나. 고통을 느낄 새도 없을 것이니 너무 두려워 말거라."

그 음성을 끝으로 복면인의 신형이 거짓말처럼 시야에서 사라졌다.

*　　*　　*

슈슛!

한줄기 붉은 섬광이 허공을 격할 때마다 어김없이 한 생명이 사라져 갔다.

암천 일행과 다른 길을 택했던 유가장의 하인들과 단목세가 무인들의 목숨이 그렇게 덧없이 사라지고 있었다.

십여 명에 달하는 이들의 목숨은 순식간에 세상에서 지워졌다.

그저 학살이라고밖에 표현할 수 없는 참상, 그 가운데

어김없이 복면인이 서 있었다.

"아미타불! 아미타불!"

자신의 손에 죽은 이들을 두고 불호를 외는 그 모습이 너무나 가증스럽다고 여길 수밖에 없는 상황.

하나 일공은 진심으로 그들의 극락왕생을 빌고 또 빌었다.

천인공노할 짓인지 잘 알면서도 어쩔 수 없이 쌓을 수밖에 없는 살업이었다.

더구나 아무리 위안하고 변명하여도 그 죄를 용서받지 못한다는 것마저 잘 알고 있었다.

지금쯤이면 각기 다른 방향으로 흩어진 봉공들 또한 일을 마무리 지었을 시간.

"아미타불! 내 축생의 지옥에 갇혀 끝없이 고통 받으며 살 것이오. 부디! 부디! 극락왕생하시길……."

그 음성을 끝으로 일공이 신형을 돌렸다.

더 이상은 지체할 수가 없었기 때문이었다.

야산에 남아 괴노인을 상대하고 있을 삼공 일행이 아직까지도 연락이 없다는 사실에 한 줄기 불안감을 느끼고 있는 것이다.

그렇게 신형을 움직이려는 찰나 일공은 우뚝 멈춰 설 수밖에 없었다.

멀찌감치 눈밭을 비척거리며 걸어오는 인물 때문이었

다.

온통 새빨간 빛깔의 마의를 입은 노인.

"흘흘흘흘! 여기도 아닌가 보구나. 암천 이 녀석! 이 늙은이까지 이토록 고생시키다니……."

암천의 계책은 충분히 훌륭했고 덕분에 초노마저 다른 길을 헤매다 이렇게 일공과 마주치게 된 것이다.

하나 그런 초노의 모습은 야산에서와는 또 달라 입고 있던 마의 전체가 핏물로 가득했다.

"너무 놀라지 말게나! 내 피는 아니니 말일세! 조금 전 열양장력을 쓰던 녀석의 핏물을 온통 뒤집어써야 했단 말일세."

순간 일공의 눈빛이 한 차례 매섭게 번뜩였다.

괴노인이 말한 장력이라면 구공의 절기 만겁수(萬劫手)가 분명했다.

'정녕 구공마저 당한 것이오?'

더없이 이글거리는 일공의 눈빛, 그 안에 분노가 담긴 것을 초노가 모를 리 없었다.

하나 그 분노에 초노는 혀를 찼다.

"동료의 목숨은 중하고 다른 이들의 목숨은 이리 가볍단 말이더냐!"

연이어진 날카로운 초노의 질타에 일공은 아무런 대꾸도 할 수 없었다.

그 말이 사실이라는 것을 스스로도 너무나 잘 알고 있기 때문이었다.

하나 더 말을 섞을 이유가 없는 상대였다.

일공의 손끝이 초노를 향했다.

"아미타불! 내 평생 만나 본 가장 무서운 상대로 기억할 것이오."

마지막 담소라도 나누듯 흘러나온 음성, 하나 초노는 싸늘히 응대했다.

"노부에게 네놈은 다섯 손가락 안에도 들지 못하느니라."

그 음성과 더불어 초노가 한 발 한 발 걸음을 옮겨 일공에게 다가섰다.

하나 일공은 섣부르게 혈섬지를 쏘아 낼 수 없었다.

상대가 단 한 번의 공격을 노리고 있음을 직감하고 있었기 때문이었다.

그 귀신과도 같은 은신마저 펼칠 수 없는 상태가 분명한 상황, 더구나 이렇듯 정면으로 나선다면 건곤일척의 승부를 노린다고밖에 볼 수 없었다.

첫 공격을 피한 뒤 모든 것을 걸고자 한다는 직감에 일공은 더없이 신중에 신중을 기했다.

그러는 사이 초노의 걸음은 어느새 삼 장 안쪽까지 이르렀다.

하나 아직은 아니었다. 일공이 노리는 것은 이 장 반의 거리!

대라신선이 와도 혈섬지를 피할 순 없다고 장담할 수 있는 필승의 거리였다.

하나 괴노인의 발걸음은 기가 막히게도 딱 그 거리를 벗어나 멈춰 버렸다.

초노 역시 이미 경험한 상대의 가공할 지공을 피할 수 있는 최소한의 거리를 확보한 것이다.

그렇게 멈춘 초노의 눈과 일공의 눈이 교차했다.

잠시간 두 사람 사이로 만근 거석이 내려앉은 듯한 무거운 침묵이 이어졌다.

하나 지금은 야산에서와는 상황이 또 달랐다.

마음이 조급한 것은 오히려 초노 쪽인 것이다.

지금쯤이면 또 다른 복면인과 마주쳤을지 모를 암천 일행 때문이라도 더 이상 뜸을 들일 여유가 없었다.

'흘흘흘! 정녕 쉽지 않구나. 몸이 온전하다고 해도 경시할 수 없는 상대이거늘…….'

이제 남은 진기라고 해 봐야 고작 삼 할이나 될까 말까 했다.

그것도 최대한 쥐어짜야 그 정도의 공력을 운용할 수 있는 참담한 상황.

하지만 머뭇거리고만 있을 수는 없었다.

결국 스스로 움직여야만 하는 순간.

한데 그때 초노의 눈에 이전까진 찾아볼 수 없었던 절망이 물들었다.

"무량수불! 삼공께서는 오공의 시신을 수습하여 떠났소이다."

육진풍, 금정과 함께 있던 이공의 등장이었다.

무시무시한 검강을 뿜어내던 또 다른 봉공의 등장!

초노는 어쩔 수 없이 마지막을 예감할 수밖에 없었다.

비록 한 칼 먹이긴 했지만 적어도 지금의 자신보단 훨씬 온전해 보이는 복면인의 등장이었다.

한 사람도 버거운 때에 그의 등장은 결국 마지막을 대비하게 할 수밖에 없었다.

'소공……. 노신 더는 모시지 못할 거 같습니다. 헐헐헐헐…… 소공이 자라는 모습 참으로 기꺼웠거늘…….'

한데 그때 뜻하지 않은 일공의 음성이 이어졌다.

"이곳은 내게 맡겨 주시겠소?"

"일공!"

"아미타불! 이만한 무인과 언제 다시 손을 겨룰 기회가 찾아오겠소이까? 또한 그 정도 예우는 합당하다 생각되오만."

일공의 음성에도 불구하고 이공은 차마 그러마 하고 답을 할 수 없었다.

그의 손에 죽은 동료의 수가 무려 다섯이었다.

실로 두려우리만큼 강한 상대, 비록 온전치 않아 보인다 하지만 천려일실을 우려해 합공을 하는 것이 옳다는 생각이었다.

하나 오랜 벗이라 할 수 있는 일공의 청을 차마 거절할 수는 없는 일이었다.

그저 등을 돌리는 것으로 말없이 외면하는 수밖에.

한데 그 순간 전혀 예기치 않은 초노의 음성이 이어졌다.

"놀고들 있구나. 노부의 목숨은 오직 노부만이 주관할 수 있느니라."

그 음성과 함께 초노의 허리가 철판교를 펼친 것처럼 뒤집어졌고, 초노는 그 기묘한 자세 그대로 이공을 향해 미끄러지듯 짓쳐들어왔다.

전혀 예기치 못한 절묘한 공격, 이공이 황급히 검을 빼들었다.

슈앙!

이공의 검 끝에 강렬한 청광이 어리며 순식간에 한 줄기 빛살이 뿜어진 것은 그야말로 찰나의 순간이었다.

한데 그 순간 초노 갑작스레 상체를 벌떡 세우며 무방비 상태로 등짝을 허용해 버렸다.

천하에 베지 못할 것이 없다는 검강을 맨몸으로 막겠다

는 너무나 어이없는 발상!

그러한 생각은 상황을 바라보는 일공도 마찬가지였다.

한데 그 순간 정작 이공의 머릿속에는 조금 전 있었던 오공의 죽음이 스쳐 갔다.

'아뿔싸!'

뇌리로는 다급한 음성이 이어졌으나 그때는 이미 검강이 초노의 등을 강타한 후였다.

콰쾅!

강렬한 폭음과 함께 실 끊어진 연처럼 맥없이 날아오른 오 척 단구의 몸뚱이.

그 순간 이공은 목울대가 터져 나갈 정도로 소리쳐야 했다.

"조심하시오!"

잠시간 영문을 몰라 하던 일공의 눈빛도 치떨렸다.

죽은 것이 틀림없어 보이던 초노의 신형이 어느새 허공에서 뒤집히더니 순식간에 코앞까지 이르러 있었던 것이다.

황급히 내뻗은 일공의 혈섬지가 초노의 심장을 향해 쏘아졌고, 초노 역시 소맷자락에서 뻗어 나온 귀혼검을 그대로 일공의 심장에 쑤셔 박았다.

그런 뒤 마치 부둥켜안기라도 한 듯 서로 포개어진 초노와 일공!

두 사람은 한동안 그렇게 석상처럼 굳어 있었다.

그러던 어느 순간 초노의 입이 열렸다.

"흘흘흘흘……. 자네만은 꼭 동행하고 싶었건만…… 불괴지신까지 이루었을 줄이야……. 정정해 줌세…… 적어도 세 손가락 안에는 들 강자라고……."

초노의 신형이 그 음성과 함께 스르륵 허물어졌다.

그런 초노의 등짝에는 어른의 머리통만 한 구멍이 뚫려 있었다.

마침 일공의 복면 아래로 한 줄기 선혈이 흘러내렸다.

그 역시 내상으로 인해 입 밖으로 핏물을 게워 내고 있는 것이다.

"아미타불! 반 치만 깊었어도 뜻을 이루었을 것이오……."

입을 여는 일공의 가슴에는 쇠꼬챙이와도 같은 투박한 모양의 기병이 꽂혀 있었다.

하나 그는 그것을 빼낼 생각도 하지 못한 채 발치 아래서 생의 마지막을 맞는 초노를 응시할 뿐이었다.

"……이것만은…… 명심하게……. 소공께 일이 생기면…… 이 강호의 누구도…… 살아남지 못할 것을……."

초노의 숨결이 그렇게 끊어졌다.

일공의 눈가가 한 차례 더없이 떨릴 수밖에 없었다.

다른 누구도 아닌 눈앞의 괴노인의 말이었다.

그 지닌바 능력만 보아도 결코 임종 전에 허튼소리를 남기고 떠날 위인이 아니었다.

일공뿐 아니라 이공마저 한동안 그 자리에 선 채 뇌리를 떠나지 않는 괴노인의 음성을 되새길 수밖에 없었다.

그러면서도 평생 겪어 보지 못한 참으로 기나긴 밤이 지났다는 생각을 지울 수가 없는 두 사람이었다.

* * *

거목 위에 섰던 복면인이 사라졌다 모습을 드러낸 곳은 암천을 위시한 청년들의 한가운데였다.

흡사 포위라도 당한 형국, 하나 그렇게 나타난 복면인은 주위를 둘러싼 이들을 안중에도 두고 있지 않은 태도였다.

"미안하게 되었소이다. 그저 편히 보내 드리는 것이 도리일 뿐……."

복면인의 음성은 유한승을 향해 나직하게 이어졌다.

하나 나무에 기대앉은 유한승은 일말의 흔들림도 없이 복면인을 응시했다.

"불의인 줄 알면서 행하는 자의 입에서 미안타는 말이 가당키나 하느냐!"

대륙 제일의 석학이라는 이름에 어울릴 법한 너무나 위

엄 있는 꾸짖음이었다.

하나 상대는 그런 정도에 흔들릴 위인이 아니었다.

홀로 이곳까지 찾아든 팔공은 그저 말없이 유한승을 향해 장심을 내뻗을 뿐이었다.

"이놈! 멈추거라!"

위기를 직감한 암천이 대성을 터트리며 팔공의 등 뒤를 향해 검을 찔러 넣었다.

상대가 아무리 고수라 하나 자신 역시 능히 고수 소리를 듣는 무인.

무방비 상태의 등짝을 베지 못할 이유가 없다는 판단이었다.

하나 암천의 검은 보이지 않는 막에 가로막혀 너무나 허무하게 튕겨졌다.

"크윽!"

외마디 비명을 내지르며 날아들던 속도 그대로 튕겨진 암천!

순간 단목강이 허리춤에 차고 있던 묵빛 단봉을 꺼내 들었다.

차창!

맑은 금속음과 더불어 월인의 시퍼런 날이 튀어나오자 복면인의 눈에도 잠시 이채가 서렸다.

"네가 단목세가의 후손이로구나. 허허허! 뜻하지 않

게 단목세가의 대마저 끊어야 하다니…….”

표정을 알 수 없으니 그것이 안타까움인지 허허로움이지 짐작하기 힘든 음성이 복면 사이로 흘러나왔다.

하나 단목강은 망설이지 않고 팔공을 향해 달려 나갔다.

하나 팔공은 마치 파리를 쫓듯 손바닥을 한 번 휘두른 것이 전부였다.

깜짝 놀란 단목강이 황급히 무영십절도를 펼치며 대항해 보았지만 결과는 암천보다 더욱 참혹했다.

“크윽!”

한 가득 핏물을 뿌리며 허공으로 튕겨져 나가는 단목강의 신형!

“강아!”

무린이 다급한 음성을 내뱉으며 달려가 쓰러진 단목강을 부축했다.

“쿨럭! 형님…… 어서…… 어서 도망치십시오……. 터무니없이 강한 상대…….”

힘겹게 입을 열던 단목강의 의식이 그대로 끊어지자 다시 한 번 무린이 그의 이름을 불렀다.

“강아! 강아! 정신 좀 차려 봐!”

그런 상황을 말없이 지켜보던 복면인 팔공의 눈빛이 살짝 이채를 발했다.

'절명하지 않았다니……. 확실히 단목세가의 후예인가? 저 나이에 오성이 이른 무형진살을 견뎌 내다니…….'

내심 안타까운 생각이 든 것도 사실이었으나 어차피 오늘 살아남는 이가 있어선 안 될 일이었다.

그 순간 혁무린의 두 눈이 복면인을 향했다.

"이놈! 만약 강이가 잘못되면 네놈을 절대 용서치 않을 것이다. 아니! 이 자리에 있는 누구라도 해쳤다간 네놈과 관련된 이들을 남김없이 찾아 그 씨를 모조리 말려 버리겠다. 명심해라. 내가 결코 허언을 하지 않음을!"

그 기운으로 보아 무공 한 자락 익힌 것 같지 않은 청년의 노성이었다.

한데도 팔공은 실로 기이한 기분에 휩싸여야만 했다.

너무나 거북스러운 무언가를 대하고 있는 듯한 느낌, 하나 그것이 그저 잡념이라 치부하고 무린을 외면했다.

괴노인을 만난 직후인지라 괜히 심경이 복잡해졌다고 생각한 것이다.

상황을 보아하니 더 오래 끌어서 좋을 것이 없었다.

그 어떤 죽음 앞에서도 통곡과 절규가 이어지는 것은 당연한 일, 이미 숱하게 겪어 왔던 일이니 오늘이라고 딱히 새삼스러울 것이 없었다.

하여 서둘러 일을 마무리 지어야겠다는 생각이었다.

더군다나 아직 괴노인이 어찌 되었는지 모르기에 다른

봉공들의 안위마저 걱정되지 않을 수 없었다.

한데 그 순간 뜻하지 않은 이가 팔공 앞을 가로막았다.

하인 동삼이 어디서 구해 왔는지 나무 막대기 하나를 움켜쥔 채 복면인을 가로막은 것이다.

"이놈! 우리 장주님과 도련님께는 절대 손 못 댄다."

으르렁거리는 동삼의 음성, 하나 동삼보다 더욱 다급하게 소리친 것은 연후였다.

"물러서!"

외마디 비명처럼 흘러나온 연후의 음성, 하나 복면인은 더 이상 지체할 생각이 없는 듯 망설임 없이 장심을 내뻗었다.

슈앙!

한 줄기 파공성이 울리고 순식간에 동삼의 신형이 썩은 나무토막처럼 허물어졌다.

연후의 코앞에서 동삼이 순식간에 절명하고 만 것이다.

"안 돼!"

연후의 처절한 외침이 이어졌으나 팔공의 출수는 거기서 멈추지 않았다.

그의 장심이 다시 유한승을 향했다.

그렇게 연이어 무형진살의 장력을 발출하려는 순간 이제껏 쥐 죽은 조용하던 사다인이 움직이기 시작했다.

그는 거대한 야수처럼 펄쩍 뛰어올라 복면인의 백회혈

을 향해 맹렬한 일격을 뿜어냈다.

하나 팔공은 암천 때와 마찬가지로 움직일 생각조차 하지 않은 채 호신강기를 일으킬 뿐이었다.

내력도 느껴지지 않는 이족 청년을 향해 몸을 돌릴 필요성조차 느끼지 못한 것이다.

한데 그 순간 당연한 듯 강기막에 튕겨질 것이라 여긴 이족 청년의 두 주먹에서 너무나 기이한 소리가 들려왔다.

지지지지직!

마치 거대한 벌레가 기어가는 듯한 기묘한 음파, 너무나도 신경을 자극하는 그 소리에 팔공의 시선이 절로 돌아갈 수밖에 없었다.

그리고 그 순간 팔공은 전혀 예기치 못한 상황을 맞아야만 했다.

흡사 거미줄처럼 어지러운 섬광이 이족 청년의 주먹을 타고 뻗어 나온 뒤 강기막을 찢어 냈기 때문이었다.

그리고 그 기괴한 섬광은 순식간에 팔공의 몸을 관통했다.

"크윽!"

온몸이 비틀거릴 정도의 충격과 더불어 저도 모르게 신음을 토해 낸 팔공.

하나 사다인의 공격은 거기서 멈추지 않았다.

연이어 팔공을 향해 강맹한 주먹을 내질렀고 그때마다 뇌전과도 같은 푸른 섬광들이 강렬한 음파를 토해 내며 팔공을 위협했다.

상황이 그리 되자 이제껏 여유롭던 모습은 찾아볼 수 없게 된 팔공이 놀라운 속도로 삼 장 밖까지 이동했다.

콰콰콰콰쾅!

조금 전까지 팔공이 있던 자리로 강렬한 섬광이 내리꽂히며 거센 폭음이 터져 나왔다.

멀찌감치 물러서 그 광경을 지켜보는 팔공의 눈빛이 치떨릴 수밖에 없었다.

"어찌 뇌령마군의 절기가?"

당혹스러움이 가득한 눈으로 사다인을 바라보는 팔공, 하나 사다인이 그 말에 대꾸나 하고 있을 이유는 없었다.

방심하고 있는 상황을 틈타 혼신의 힘을 다해 펼친 뇌격연환권이었다.

이제껏 철저히 숨겨 왔던 뇌신의 힘마저 사용한 것인데 상대는 너무도 쉽사리 그것을 막아 내 버린 것이다.

이제는 더 이상 복면인을 상대할 방법을 찾기 힘들다는 것을 인정할 수밖에 없었다.

하나 그 순간 복면인의 심경은 더욱더 복잡해져 갔다.

'분명 뇌령마군의 절기. 대관절 어찌 그것을 익힌 것인

지……'

쉽사리 죽이고자 하는 생각이 서지 않았다.

아니 살려서 반드시 그 비밀을 얻어 내고 싶었다.

다른 누구도 아닌 환우오천존의 무학, 그것이라면 마음 한구석에 깊이 자리한 욕심 한 자락을 꿈틀거리게 만들 수 있는 충분한 물건이었다.

그러기 위해서라도 우선 다른 이들을 처리해야만 했다.

한데 그런 생각을 하는 동안 팔공은 흠칫할 수밖에 없었다.

청년 하나가 뚜벅뚜벅 자신을 향해 걸어오고 있었기 때문이었다.

천생 유생으로 보이는 청년, 한눈에도 그가 유가장의 후손임을 짐작할 수 있었다.

한데 그 눈빛이 너무나 기묘하기만 했다.

걸어오는 내내 그 두 눈동자에서 무언가를 자극하는 기광이 번뜩이는 것이었다. 또한 실핏줄이 잔뜩 터지기라도 한 듯 붉게 물들어 있는 눈동자의 빛깔은 왠지 더욱더 신경을 거슬렸다.

하나 그런 것을 따지고 있을 이유가 없었다.

어차피 죽여야 할 아이, 팔공의 장심이 망설임 없이 연후를 향했다.

슈앙!

연후를 향해 쏘아진 무형진살의 기운, 한데 그 순간 놀라운 일이 벌어졌다.

슬쩍 몸을 비튼 연후가 무형진살의 기운을 어렵지 않게 피해 낸 것이다. 물론 그 순간에도 그 눈에는 쉼 없이 기광이 번뜩이고 있었다.

그 매순간마다 세상의 모든 것을 정지하여 볼 수 있다는 광해경의 비기 개안금동의 안법이 펼쳐지고 있는 것이다.

더더군다나 놀라운 것은 무형의 장력인 무형진살을 공기의 파장과 그 일그러짐을 보는 것으로 피해 낼 수 있다는 사실이었다.

연후가 그러한 비기를 익히고 있음을 꿈에도 짐작치 못하는 팔공으로선 황당하기 이를 데 없는 일이었다.

아무리 공력을 낮추었다 하나 그 정도면 어지간한 고수들은 막아 낼 엄두조차 낼 수 없는 것이 무형진살의 공능이었다.

한데 눈앞의 유생으로 보이는 어린 청년이 그 같은 일을 행하고 있으니 놀람을 넘어 황당함을 느끼고 있는 것이다.

그 순간 팔공은 무언가 좋지 않은 예감에 휩싸였다.

일이 자꾸만 틀어지는 것이 무언가 흉조가 들 조짐이란

생각이었다.

'손에 인정을 두어선 안 되겠구나.'

팔공은 두 눈을 빛내며 지척까지 다가선 연후를 향해 맹렬한 일장을 뿜어냈다.

슈앙!

대지를 찢어발기는 듯한 강렬한 파공성이 그의 장심에서 뿜어졌고, 그 순간 연후의 눈에서 또다시 강렬한 광망이 뿜어졌다.

황급히 허리를 젖힌 연후!

그의 가슴팍 위로 아슬아슬하게 강맹한 기운이 스치고 지나갔다.

콰콰콰쾅!

연이어 등 뒤로 터져 나온 굉음, 그렇게 구성에 이른 무형진살마저 엇나가자 팔공의 눈빛도 꽤나 다급해질 수밖에 없었다.

이 정도 거리에서 무형진살을 피해 내는 일, 그것은 다른 봉공들이라도 불가능한 일이었다.

더 이상 장력만을 고집할 이유가 없는 상황이었다. 근신공박을 사용해서라도 청년의 숨통을 끊어 놓아야겠다는 마음이 일었다.

복면인이 뇌조처럼 손가락을 웅크린 뒤 연후의 심장을 뽑아내겠다는 듯 쇄도했다.

그 순간 연후의 눈이 또 한 번 번뜩였다. 동시에 뒤로 젖혀졌던 연후의 상체가 튕겨지며 그 손이 재빠르게 허리춤을 향했다.

촤라라라락!

마치 비단 자락이 풀리는 듯한 소리가 흘러나오자 복면인의 눈빛이 다시 한 번 흔들렸다.

'연검!'

아무리 보아도 유생 차림에 불과하던 연후가 연검을 체대처럼 패용하고 있을 것이라곤 상상조차 할 수 없는 일이었다.

그렇게 뻗어 나온 연검이 채찍처럼 휘어지면서 팔공의 가슴팍을 파고들었다.

하나 팔공은 공세를 멈출 생각이 전혀 없었다.

공력도 느껴지지 않는 아이의 연검이라면 맨손으로 잡아채도 충분하단 생각이었고, 그보다 먼저 이 기괴한 능력을 지닌 아이의 숨통을 끊어야겠단 판단이었다.

팔공의 오른손은 연후의 심장을 향해 그렇게 나아갔고 왼손은 기묘한 궤적으로 날아드는 연검을 잡기 위해 망설임 없이 뻗어 올랐다.

하지만 그 어느 것 하나 팔공의 의도대로 이루어진 것은 없었다.

상체를 공격하던 우수는 전혀 알 수 없는 기괴한 기운

에 막혀 허무하게 막혀 버렸고, 손쉽게 낚아채리라 여겼던 연검은 놀랍게도 자신의 공력을 무력화시킨 채 엄지와 검지를 삭뚝 베어 잘라 버린 것이다.

"크윽!"

대경한 팔공이 다시금 뒤편으로 튕겨지듯 물러난 것도 바로 그 순간이었다.

너무나 기가 막힌 상황에 한동안 연후를 향해 눈을 뗄 수가 없는 팔공이었다.

그는 지금 손가락이 잘린 통증조차 제대로 느낄 수 없는 없을 만큼 머릿속이 어지러웠다.

"대체 정체가 무엇이냐!"

도저히 참지 못하고 터져 나온 복면인의 음성!

조금 전 심장을 공격했던 무공은 응조천강수란 조공으로 그 위력이 능히 조공 중에 으뜸이라 할 수 있는 것이었다.

한데 공력조차 느껴지지 않는 몸 어딘가에서 기이한 기운이 일더니 마치 솜뭉치를 때린 듯한 느낌이 든 것이다. 그 후 응조천강수는 미끄러지듯 연후의 신형을 빗나가고 말았다.

그것이 광해경상에 전해지는 탄공막의 공능이라는 것을 알 리 없는 팔공으로선 참으로 황당하기 이를 데 없었다.

하나 그보다도 더욱 당황스러운 것은 자신의 공력을 무력화시킨 연검이었다.

조금만 달리 생각해도 그것이 검제의 신병 초연검이기에 가능한 일임을 짐작할 수 있었겠지만 그것이 눈앞의 유생에게 이어질 리 만무하다는 선입견 때문에 오히려 무언가 다른 사술을 부린 것이 아닌가 하는 의구심에만 빠져들었다.

하나 연후가 그런 팔공과 말을 나눌 이유는 없었다.

다만 다시금 복면인을 향해 다가설 뿐이었다.

친형처럼 지내 온 동삼을 죽인 원수!

눈앞의 복면인 팔공은 오직 동삼의 원한을 갚아야 할 대상일 뿐이었다.

뚜벅뚜벅 이어지는 연후의 걸음, 급기야 팔공은 팽팽한 긴장감에 그 눈빛마저 떨려 왔다.

일장이면 산산이 분해되어 버릴 것 같은 어린 유생에게 자칫 더한 낭패를 볼 수 있다는 생각마저 일었다.

또한 걸음을 옮길 때마다 그 눈에서 이는 기광마저 여간 거슬리는 것이 아니었다.

그러다 불현듯 뇌리를 스쳐 가는 생각이 있었다.

'혹시.'

혹시나 하는 생각에 팔공은 망설임 없이 연이어 장력을 발출했고 그것들은 그대로 연후가 걸어오던 지면을 휩쓸었다.

콰쾅! 콰콰쾅!

일순간 전방 가득 거대한 흙먼지와 눈보라가 치솟아 연후의 시야를 어지럽혔고, 그 혼탁한 와중을 뚫고 팔공의 손끝이 날카롭게 뻗어 나왔다.

"크흑!"

숨이 턱 막히는 소리와 함께 연후의 목울대를 움켜쥔 팔공!

팔공이 손을 치켜들자 연후는 그의 손에 붙들린 채 고통스럽게 발버둥 쳐야만 했다.

고통에 못 이겨 움켜쥐고 있던 초연검마저 바닥에 떨어뜨린 연후!

그제야 팔공의 눈에도 안도감이 서렸다.

"결국 그 기분 나쁜 눈빛이 사술의 전부로구나!"

시야를 어지럽히자 이처럼 맥없이 잡혀 버린 상대를 보며 잠시간 긴장했다는 사실마저 부끄럽게 여겨졌다.

이런 정도의 아이에게 손가락 두 개가 베어진 것이다.

장력을 주로 하는 팔공에겐 결코 작다고 할 수 없는 상실이었다.

하니 자신을 이렇게까지 몰아붙인 그 사술의 내력도 궁금하지 않을 수 없었다.

하나 어차피 죽여야 할 아이였다. 더구나 길보다는 흉

이 가득한 날, 괜한 망설임을 가질 필요가 없다 여겼다.

팔공은 손끝에 힘을 주는 것으로 연후의 목을 가볍게 꺾어 버리려 했다.

한데 그 순간 또다시 다급한 눈빛이 될 수밖에 없었다.

찌지지지직!

너무도 강맹한 뇌전의 줄기가 삽시간에 전신을 향해 뻗어 왔기 때문이었다.

마치 응집했던 기운이 한꺼번에 폭발하듯 뿜어진 뇌전의 기운!

그것은 처음 겪었을 때완 차원이 다른 섬뜩함을 품고 있었다.

거기다 가공할 그 속도는 혼신의 힘을 다한다고 해도 피해 내기 힘들 정도였다.

'망설이다간 당한다!'

연후를 내팽개친 팔공의 신형은 황급히 허공으로 치솟아올랐다.

콰콰콰쾅!

팔공이 서 있던 자리엔 또다시 강렬한 폭음이 일었고 사다인 덕에 연후는 간신히 목숨을 부지할 수 있었다.

그때 다시 멀찌감치 신형을 드러낸 복면인은 더욱더 복잡한 심경일 수밖에 없었다.

살면서 오늘 같은 낭패를 당해 본 적이 없었다.

정체불명의 괴노인은 물론이요, 무슨 마가 끼었는지 이제는 약관도 되지 않은 아이들의 공세에 연거푸 물러나고 있는 상황이었다. 살아생전 이 같은 일을 겪게 될 줄은 생각조차 해 보지 못한 것이다.

'지금도 이만한 능력을 지녔건만 훗날 누가 있어 이 아이들을 감당할 수 있을런지…….'

그렇다고 해도 결국 그 때를 보지 못할 청년들이었다.

이들이 오늘 이 자리에서 죽는다는 사실에 추호도 의심의 여지가 없다는 것이 복면인의 생각이었다.

하지만 이제 나란히 선 연후와 사다인의 눈빛에서 절망감이나 두려움을 찾을 순 없었다.

아니 함께라면 충분히 상대를 이길 수 있다는 것이 두 사람의 한결같은 마음이었다.

하나 그 같은 생각이 터무니없는 오판이었음을 알게 되는 데는 그리 오래 걸리지 않았다.

연후의 약점을 간파한 데다 뇌전의 기운을 몇 번이나 이미 경험한 팔공이 두 사람을 상대할 방법을 찾는 것은 너무나 쉬운 일이었다.

"이만 끝내자꾸나!"

팔공이 이전과 다른 비등한 신법으로 날아올라 연이어 쌍장을 뿌렸다.

마치 하공에 멈춘 듯 신형을 세운 채 쉼 없이 장력을

발출하는 팔공.

콰콰콰콰쾅!

더없이 강렬한 폭음이 연이어졌다.

하나 그 장력은 두 사람을 노린 것이 아니었다. 오직 두 사람이 밟고 선 지면을 초토화시킬 뿐이었다.

여기저기 비산하던 눈발과 흙먼지가 가라앉고 헤아리기 힘든 구덩이가 모습을 드러냈다.

빼곡한 구덩이 사이에 갇혀 버린 듯한 두 사람, 이제 둘은 서 있을 자리조차 찾기 힘든 지경이었다.

상승의 경공술이 있다 해도 피해 낼 곳이 없어 보일 만큼 주변은 온통 깊고 깊은 구덩이 천지로 변해 버렸다.

상황이 그렇게 변하자 연후나 사다인의 얼굴도 전에 없이 굳어질 수밖에 없었다.

그러나 팔공은 더 이상 시간을 끌고픈 마음이 없었다.

두 사람을 향해 동시에 다시 한 번 무형진살의 장력이 뻗어 왔다.

볼 수 있다 해도 피할 공간이 없는 연후는 물론이요, 피할 재주는 있다 해도 도저히 그 기운을 감지할 능력이 없는 사다인 모두 절체절명의 상황에 놓인 것이다.

그렇다고 이대로 그냥 목숨을 내던질 순 없는 일이었다.

무형진살의 궤적을 파악한 연후가 황급히 몸을 날려 사

다인을 부둥켜안았다.

그리고 이내 두 사람은 구덩이 안으로 굴러 떨어질 수밖에 없었다.

그렇게 마지막 발악과도 같이 이어지는 두 청년의 몸부림을 보며 팔공의 눈가에도 잠시간 씁쓸함이 어렸다.

'의가 좋은 친우들인 듯하니 함께 묻어 주도록 하마.'

팔공은 그것이 자신이 할 수 있는 최대한의 성의라 생각했다.

슈앙!

무형진살과는 또 다른 위력의 강맹한 장력이 복면인의 장심에서 뿜어졌다.

구덩이를 통째로 메워 버리기 위해 뿜어진 너무도 거대한 장력!

밀려드는 그 강렬한 기운을 느끼며 연후도 사다인도 모두 더 이상 대처할 방법을 찾을 수가 없었다.

이제야말로 죽음을 떠올릴 수밖에 없는 순간.

한데 그 순간 도저히 믿기지 않는 일이 벌어졌다.

촤라라라라라락!

족히 수십 줄기에 달하는 거칠고도 무거운 굉음이 놀라운 속도로 날아들기 시작한 것이다.

그렇게 날아든 굉음들은 복면인의 장력과 정면으로 충돌한 뒤 어마어마한 폭음을 터트렸다콰콰콰쾅!

"크으윽!"

폭음 뒤에 이어진 처절한 비명!

깊은 구덩이 안쪽에 있는지라 상황을 전혀 파악할 수 없는 두 사람에겐 그야말로 답답함만이 가중되는 순간이었다.

한데 그 잠시 뒤 구덩이 아래쪽으로 둔중한 금속음이 이어졌다.

촤라라라락!

두 줄기 굵은 쇠사슬이 흙벽을 타고 흘러내렸고 그 위쪽에서 전혀 낯설기만 한 음성이 이어졌다.

"올라오너라."

연후와 사다인은 모두 그 눈길에 의아함을 지우지 못한 채 잠시 망설이다 쇠사슬을 붙잡았다.

순간 거짓말처럼 두 사람의 신형이 솟아올랐다.

순식간에 지면 위로 솟아오른 두 사람!

그런 두 사람이 처음 본 것은 여기저기 참혹하게 널려 있는 핏덩이들이었다.

흑의와 뒤엉킨 고깃덩이들은 시뻘건 핏물을 사방에 흩뿌려 놓았는데 그 주인이 누구인지 짐작하는 것은 그리 어려운 일이 아니었다.

자신들을 몰아세우던 복면인이 바로 그 육편의 주인일

터, 핏덩이들 사이에 널려 있는 흑의 조각이 그것을 말해 주고 있었다.

그리고 그 자리엔 이제껏 보지 못했던 낯선 두 사람이 자리하고 있었다.

먼저 눈에 띈 인물은 얼굴은 물론 전신을 치렁치렁한 쇠사슬로 감싼 기괴한 몰골의 인물이었다.

난생처음 보는 너무도 괴이한 행색에 사다인이나 연후 모두 더없는 경계의 눈빛을 내비칠 수밖에 없었다.

그때 그 사슬 괴인 뒤편에서 청수한 차림의 문사 한 명이 모습을 드러냈다.

허름하지도 그렇다고 화려하지도 않은 유복을 걸친 사내는 너무나 인자하고 부드러운 미소를 지니고 있었다.

그 웃음을 대하는 순간 연후는 저도 모르게 마음 한편이 찌르르 울리는 기분을 느껴야만 했다.

그렇게 모습을 드러낸 중년 문사가 나직하게 연후와 사다인을 나무랐다.

"구명지은을 입었으면 의당 감사부터 표해야 함이 도리 아니겠느냐?"

문사의 말에도 불구하고 두 사람 모두 약속이나 한 듯 입을 다물고 더욱더 경계의 눈초리를 내비쳤다.

아직 정체조차 모르는 이들이었다.

오늘 겪은 흉흉한 일을 떠올리니 누구도 쉽게 믿을 수

가 없었다.

그러자 중년 문사의 음성은 조금 전보다 더욱 높아졌다.

"어허! 사람이 선의를 내비치는데 어찌 의심부터 하는 것이냐? 정녕 그리 배우고 자랐더냐?"

사다인은 제쳐 두고 오직 연후를 바라보며 이어진 준엄한 질책이었다.

연후는 어찌해야 할 바를 쉬 판단하기 힘들었다.

하필 절체절명의 순간에 나타난 이들, 더군다나 이렇게 인적마저 없는 곳에 나타난 이들이었다.

우연이라면 너무나도 공교롭기에 상황만으로 쉽게 믿을 수가 없는 이들인 것이다.

한데 연후가 그렇게 주저하는 순간 뜻밖에도 유한승의 음성이 이어졌다.

"말대로 따르거라."

조부의 말이 이어지고 나서야 연후와 사다인은 차례로 괴인을 향해 예를 표했다.

"유가장의 연후가 은공께 감사드리옵니다."

"은공께 감사드립니다."

사슬 괴인은 듣는 둥 마는 둥 그저 고개를 까딱이는 것이 전부였다.

때마침 중년 문사가 다시 나섰다.

"이분은 귀마(鬼魔)라는 별호를 지니신 분이다. 앞으로 대함에 있어 소홀함이 없도록 하여라."

스산한 모습과 더없이 잘 어울리는 별호를 지닌 괴인을 조심스레 살핀 연후의 시선이 다시 중년 문사를 향했다.

그런 연후의 눈은 꼭 그러는 당신은 누구신지요 하고 묻고 있는 것만 같았다.

그러자 중년 문사의 얼굴에는 또다시 포근한 미소가 서렸다.

이제껏 접해 보지 못한 너무나도 기이한 미소와 느낌이 었다.

"내가 네 아비다."

연후의 눈길이 걷잡을 수 없이 흔들리며 유한승을 향한 것은 너무도 당연한 일.

유한승은 나직이 고개를 끄덕이며 그것이 사실임을 확인해 주었다.

너무나도 예기치 못한 상황에서 만나게 된 부친!

연후의 심경이 말도 못하게 복잡해진 것은 어쩔 수가 없는 일이었다.

그리고 그 순간 전혀 다른 상념에 빠져 있는 이가 있었다.

'흠……. 분명 무량혼철삭(無量魂鐵索)인데! 설마 아직까지도 불이곡의 맥이 이어지고 있는 건가? 그나저나 초노는 대체 어디 있는 거야……. 무슨 일 생긴 거 아니지? 그랬다간 나…… 정말로 화날 것 같아. 제발 아무 일도 없어 줘!'

〈『광해경』 제3권에서 계속〉

광해경

1판 1쇄 찍음 2009년 11월 26일
1판 1쇄 펴냄 2009년 11월 30일

지은이 | 이훈영
펴낸이 | 정 필
펴낸곳 | 도서출판 **뿔미디어**

기획, 편집 | 김대식, 장상수, 권지영, 심재영, 장보라
관리, 영업 | 김미영
출력 | 예컴
본문, 표지 인쇄 | 광문인쇄소
제본 | 성보제책사

출판등록 | 2002년 9월 11일 (제1081-1-132호)
주소 | 부천시 원미구 중3동 1058-2 중동프라자 402호 (우)420-023
전화 | 032)651-6513 / 팩스 032)651-6094
E-mail | BBULMEDIA@paran.com

값 8,000원

ISBN 978-89-6359-258-9 04810
ISBN 978-89-6359-256-5 04810 (세트)

※파본은 본사나 구입하신 서점에서 교환하여 드립니다.